忘记历史就意味着背叛，否认罪责就意味着重犯。

——2014 年 12 月 13 日习近平总书记在南京大屠杀死难者国家公祭仪式上的讲话

铁证

周云峰 / 著

南京出版传媒集团 南京出版社

目录

下篇　历史的侧影

世界记忆名录
南京大屠杀档案
4
5
6
7
8
9
10
11
12
13
14
15
16
17
18
19
20
国家档案局 编
MEMORY OF THE WORLD
DOCUMENTS OF NANJING MASSACRE
南京大屠杀档案
国家档案局 编

无可辩驳的档案铁证（代序）

——写在《世界记忆名录——南京大屠杀档案》影印本出版之际

周云峰　朱天乐

又到了那个令人剜心割肺的血写日子——12月13日。

古城南京，斑驳的墙砖在冬日阳光温暖的照耀下，堆砌出历史的厚重与沧桑。那城墙上累累的弹孔，就像是一滴滴血泪，无声地控诉着80年前发生在这里的惨绝人寰的大屠杀；又像是一个个警钟，伴随着再次响起的凄厉警报，时刻提醒健忘的人们，勿忘惨烈历史，铭记惨痛教训……

捍卫人类尊严的文献巨制

“让历史说话，用史实发言。”2017年12月11日，在南京大屠杀惨案发生80周年、第四个南京大屠杀死难者国家公祭日即将到来之时，由国家档案局主编、南京出版社编辑发行的大型文献资料汇编——《世界记忆名录——南京大屠杀档案》，在南京重磅问世！

国家档案局局长、中央档案馆馆长李明华，以及江苏省相关部门领导、学界专家参加了首发式。

南京大屠杀档案是中华民族苦难和人类创伤记忆的重要载体。

1937年7月7日，日本发动了全面侵华战争。11月，日军沿沪宁线进攻当时的中国首都南京，12月13日南京沦陷。日军进城后，立即开始了对和平居民及放下武器的中国军人连续六星期的惨绝人寰的大屠杀等暴行。30多万南京市民、放下武器的中国军人遭到屠杀，数万名妇女惨遭强奸，三分之一以上建筑被焚毁。这场违背人类正义与良知的大屠杀暴行，其规模与性质堪比纳粹德国制造的奥斯威辛集中营大屠杀，是第二次世界大战期间最为严重的反人类罪行之一，是对世界和平与巴黎公约的公然践踏。

全面深入揭露侵华日军的大屠杀暴行，捍卫人类的生命和尊严，在长期以来都是每个有识之士共同的心愿，也是持久的斗争。而揭批侵华日军大屠杀暴行最锐利的武器、最权威的解读，就是各类档案资料。国内有关南京大屠杀的档案资料，分别收藏在中央档案馆、中国第二历史档案馆、辽宁省档案馆、吉林省档案馆、上海市档案馆、南京市档案馆与侵华日军南京大屠杀遇难同胞纪念馆，这些非常珍贵的档案文献资料，对于制止并永久反对灭绝人性的残暴行径，具有重要的价值。

2014年6月，中国将有关南京大屠杀的历史档案申报“世界记忆名录”，国内所有涉及南京大屠杀史料的档案馆都参与其中。2015年10月9日，联合国教科文组织总部总干事博科娃女士签署文件，由中国提名的“南京大屠杀档案”正式列入“世界记忆名录”。这一结果，使南京大屠杀历史成为全人类的共同记忆，使南京大屠杀成了日本右翼势力永远也翻不了的铁案。

从那时起，国家档案局就按照联合国教科文组织的有关规定，向国际社会郑重承诺公开相关档案，此次出版《世界记忆名录——

南京大屠杀档案》，便是入选名录后的践诺之举。两年来，中央档案馆、中国第二历史档案馆、辽宁省档案馆、吉林省档案馆、上海市档案馆、南京市档案馆和侵华日军南京大屠杀遇难同胞纪念馆等7家档案馆、纪念馆，对各馆所藏南京大屠杀档案进行了大规模的清查、整理工作，最终选取了1万多页的珍贵档案，并集中组织力量对这些档案重新进行了数字化、编排与校核，以最快的速度完成了"南京大屠杀档案数据库"的建设，并于南京大屠杀惨案发生80周年前夕，由国家档案馆组织影印出版，汇编成《世界记忆名录——南京大屠杀档案》这部巨制。

全书分为7辑，共20册，另有总目1册，其内容既有日本方面加害者的记录，也有美英等国第三方人士的记录，更有中国方面受害者的血泪控诉，历史线索清晰、记录完整。档案形式既有纸质文本，也有照片、电影胶片及其他实物等多种载体。档案内容多可相互印证、补充，真实性不容怀疑。全书是第一次以全彩影印的形式展示南京大屠杀档案，结合大16开本和精装，全文出版发行，更好地呈现出档案的本来面貌。由于南京大屠杀档案已列入世界记忆遗产，为了更好地扩大档案的国际影响力，书稿还采用了中文、英文和日文三种语言，一一对应，以便全世界读者查阅，从而让世界上更多的人认识和了解南京大屠杀惨案。

焊接历史痛点的诸多思考

把散存全国各地的那一页页南京大屠杀档案文献、那一个个饱含血泪的历史痛点，通过《世界记忆名录——南京大屠杀档案》全面、系统地链接于一体，翔实、客观、深刻地展示给世人，有着历史和现实的诸多思考。

为了不能忘却的记忆。2017年是中国全面抗战爆发80周年和南京大屠杀惨案发生80周年。1931至1945年中国抗日战争期间，侵华日军一直都在进行有组织、有计划、有预谋的大屠杀和奸淫、放火、抢劫等血腥暴行，各种惨案、血案数不胜数，被称为“兽军”的侵华日军，对中国人和中华民族施虐的兽行，罄竹难书，而南京大屠杀的时间最久，罹难的人员最多，暴行最为惨烈，影响最为广泛，把这些泣血记忆编辑出版，刀刻斧凿般烙印在人们的心底，就是为警醒善良的人们永远不能忘却、不该忘却。

为了展示客观的史料。当时幸存者及中外目击者证言、证词等铁证，为南京大屠杀档案的收集整理提供了客观真实的资料。南京大屠杀惨案发生时，日军虽极尽所能对南京进行新闻封锁，切断南京与外界的所有通信联系，严禁中外人员进出南京，但滞留南京的德、美、英等西方国家的传教士、大学教师、医生、商人和记者，在竭尽所能救助中国难民的同时，冒着生命危险留下了许多宝贵的档案资料，并通过多种途径最早向全世界揭露南京大屠杀的真实情况。公布这些档案的影印件，能真实、全面地从第三方角度客观反映南京大屠杀的暴行。

为了还原历史的真貌。南京大屠杀惨案发生后，中国相关各界的学者、专家、作家都自觉自发地开始收集、整理原始档案文献、口述资料与影像图片，特别是近些年来，围绕南京大屠杀主题，一大批文学、影视及研究成果层出不穷，并涌现了以72卷《南京大屠杀史料集》为代表的研究史料。此次《世界记忆名录——南京大屠杀档案》的出版发行，则从档案视角，充分还原了历史的真实面貌，有着其他文献资料不可替代的权威性、真实性和唯一性。

为了严峻现实的需要。战后70余年来，日本部分政界人士在对待侵略战争的性质与战争责任问题上，始终采取含糊其词甚至公开否定的态度，既不能正确对待战争责任，更不愿承认战争罪行。特别是近年来，日本右翼势力更是肆无忌惮地否定南京大屠杀，竟然称南京大屠杀是盟国为了丑化、报复日本而“杜撰”的，南京大屠杀完全是“虚构”的等等。为维护中华民族尊严、回击日本右翼势力谬论，2015年10月，“南京大屠杀档案”正式认定为世界记忆遗产。《世界记忆名录——南京大屠杀档案》不同于一般历史档案，它是人类创伤记忆和中华民族苦难的重要载体，且正面临着因亲历者不断离世而有可能被弱化的风险。为确保南京大屠杀档案得到有效保护与合理利用，将这批南京大屠杀档案影印出版，以铭记历史、告慰死难者的亡灵，并通过最为真实且珍贵的历史档案，证实日军在南京犯下的滔天暴行，警示世人珍爱和平。

撼动日本右翼的如山铁证

《世界记忆名录——南京大屠杀档案》由国内所有涉及南京大屠杀史料的6家档案馆和1家纪念馆参与其中。挑选出来的档案各具代表性，又相互印证，构成了严密完整的证据链，从不同角度真实地记录了日军在占领南京期间的法西斯暴行，具有显著的史料价值，可以说是无可辩驳的铁证。

全书共分七辑：

第一辑为日本战犯供词。1950年7月20日，苏联将1945年8月出兵中国东北时捕获的969名日本战犯移交给中国，关押于抚顺战犯管理所。另有中国捕获的130余名日本战犯，关押于太原战犯管理所。这些日本战犯经过侦讯与教育改造，于1956年6月接受了中华人民共和国最高人民法院特别军事法庭审判。其中，中野忠之寿、太田寿男、东口义一、永富博之等战犯在管理所关押期间，供述了自己参与和了解的南京大屠杀暴行，形成了一批口供、笔供档案。

第二辑包括《程瑞芳日记》、中国红十字总会南京分会掩埋遇难同胞相关工作报告、世界红卍字会救济南京难民相关报告、南京国际救济委员会救济南京难民相关报告、金陵大学受损情况相关调查、国民政府战争罪犯处理委员会档案、联合国及国民政府新闻资料等。1945年12月，国民政府成立战争罪犯处理委员会，负责颁布逮捕战犯的命令，调查、编审、提出战犯名单，审核审判执法情况，引渡战犯及审查战犯名单等。同月，中国陆军总司令部开始分别在南京、上海、北平、汉口、广州、沈阳、徐州、济南、太原、台北等10处设立审判战犯军事法庭，审理根据战争罪犯处理委员会相关命令逮捕的日本战犯。其中，南京审判战犯军事法庭成立于1946年2月，称“国防部审判战犯军事法庭”。1946年至1947年，国防部审判战犯军事法庭对南京大屠杀案进行了调查、起诉、审理和判决，收集、形成了一大批南京大屠杀案的档案，包括日军为炫耀战争淫威而自行拍摄的暴行照片、慈善团体掩埋遇难者尸体统计表、千余份南京大屠杀案敌人罪行调查表、数百页谷寿夫案法庭庭审证人证词、留宁外籍人士证词、谷寿夫案起诉书与判决书及田伯烈编著的《外人目睹中之日军暴行》（英文）、徐淑希编辑的《南京安全区档案》（英文）、郭岐所著《陷都血泪录》（摘要）、蒋公毅所著《陷京三月记》（摘要）等。联合国及国民政府新闻资料也收录了相当数量与侵华日军南京大屠杀有关的档案，包括联合国战争罪行委员会远东及太平洋地区分会、远东国际军事法庭在调查取证与庭审阶段形成的战犯名单、起诉书、检方控据等文件，其中《远东国际军事法庭总检察官基南开庭词》为首次完整影印出版，弥补了已有出版物的不足。另外，此辑档案还收录了汪伪政府“赈务委员会”所存南京沦陷时期市民请求给予生活救济的部分呈文。这些市民因身处汪伪统治之下，呈文措辞相对隐晦，多以“事变”“京地失守”“兵灾”指代南京大屠杀和南京沦陷。

第三辑为日本满铁《南京特务机关1937年12月至1938年3月工作报告》，此报告内容包括南京市战前人口统计及大屠杀期间慈善团体掩埋遇难者尸体的情况，其中明确记录南京市战前人口约为106万，至1938年3月末日本侵略军发放“良民证”“安居证”时，统计人数仅为28万。

第四辑为部分残存档案。1945年8月日本战败投降前，为毁灭侵略罪证，侵华日军关东宪兵队司令部焚毁了大量档案，部分未及完全销毁的残余档案被仓促埋入地下。中华人民共和国成立后，该司令部建筑物成为吉林省政府办公场所。20世纪50年代，在对该建筑物进行重建时，意外地发现了一批埋在地下的残存档案，其中就包括部分反映南京大屠杀惨案发生后南京及周边地区治安情况的日军报告、日本随军记者报道，以及日本宪兵队在进行邮政审查时，对记有南京大屠杀暴行内容的信件进行摘录与相应处置的档案记录等。这些档案曾被火烧、泥污，页面也多有残缺，但内容仍可辨识。

第五辑为南京大屠杀期间留宁外籍人士、鼓楼医院行政主管麦卡伦的英文日记。日记摘录自他1937年12月19日至1938年1月13日间致家人的书信，内容为其耳闻目睹的日军暴行。该日记内容曾被远东国际军事法庭认定为日军南京大屠杀罪证。

第六辑为南京市市民呈文、南京市临时参议会南京大屠杀案敌人罪行调查委员会调查表、南京市各区向市政府呈送的日军暴行材料、财产损失报告单、首都警察厅各区警察局呈报的日军罪行材料、南京慈善团体的埋尸记录等。其中，南京市市民呈文、南京市临时参议会南京大屠杀案敌人罪行调查委员会调查表为南京市档案馆馆藏南京大屠杀档案的大宗。抗日战争胜利后，南京市民以呈文的形式向各类机构和组织陈述南京大屠杀期间其个人或亲属所受日军屠杀、奸淫、掳掠、破坏财产的暴行，以及工商业、宗教、公益、慈善团体所受损失情况，并请求救济与赔偿。这些呈文有的文理欠通，有的别字连篇，然而字里行间所记叙的日军之残虐暴行、被害人之凄苦情感，真实得让人不忍卒读、读后亦心绪难平。南京市临时参议会南京大屠杀案敌人罪行调查委员会调查表由该委员会编制，调查区域覆盖包括汤山在内的南京市城郊13个区，这些调查表经相关机构审核，成为国防部审判战犯军事法庭审判的重要证据，可与中国第二历史档案馆所藏南京大屠杀案敌人罪行调查表互为补充。

第七辑为南京大屠杀期间留宁外籍人士、美国牧师约翰·马吉拍摄的16毫米日军暴行电影胶片母片，及其胶片盒，所用摄像机，国防部审判战犯军事法庭庭长兼审判长石美瑜保存的谷寿夫死刑判决书底稿与向井敏明、野田岩（原名野田毅）、田中军吉死刑判决书底稿。其中，约翰·马吉胶片所摄内容既有部分屠杀全景，也有被害人特写，如身中30多刀侥幸存活的李秀英、从汉中门日军集体屠杀中死里逃生的伍长德等人在鼓楼医院医治的情形，是留存至今、形成时间最早的侵华日军南京大屠杀真实影像记录。

汗洒卷山文海的爱国情怀

《世界记忆名录——南京大屠杀档案》凝结着无数档案人、出版人和专家学者的心血，他们以投入这项任务为荣，在时间紧、任务重、标准高、工作量巨大的情况下，怀着对死难同胞的慰藉、对日本军国主义的憎恨、对国家民族复兴的渴望，全身心无怨无悔地投入这项重大的档案编纂工作中。

自项目启动以来，南京出版社高度重视，及时成立编辑工作领导小组，使得整个项目有了重要保障，并组织了一批中英文专家、学者先后召开了多次审稿会对内容进行把关。在具体编校实施过程中，出版社举全社之力，在每个编辑部门抽调骨干编辑来承担此项出版任务，20名80后、90后年轻人，内心不时喷薄出从事南京大屠杀档案编辑工作的光荣与激情，尽管连续半年的双休日都无法正常休息，有的人还面临着家属怀孕、亲人生病等困难，但大家从不抱怨，一切以工作为重、以任务为重。编辑之间多次聚集在一起，就档案的体例、固有提法、图片和文字版式、图片说明等方面问题，按照出版要求认真细致地做了统一规范和说明。由于当事人在书写和记录时，经常会出现简繁体混用、字迹潦草、标准随意、记录错误、逻辑错误等众多问题，为确保中文摘要的准确性，每位编辑都埋头原始档案，逐字逐句核实1万多页档案中记录文字与中文摘要是否一致。由于文字中有中文、英文和日文三种文字表述，中文编辑组与外文编辑组经常相互探讨在保持原档意思的前提下三种语言表述一致性的问题。为了确保书稿高质量，每位编辑在看完本部分的书稿内容后，还交叉编校了档案中的其他书稿，并对发现的问题指出自己的修改建议，充分发挥了团队协作精神。

《世界记忆名录——南京大屠杀档案》就是在这样一个充满民族和家国情怀的氛围下，经过大家全力以赴、通力合作，得以克服各种困难，严格执行"三审三校制"等出版流程，确保了该套档案能够在重要的时间节点按时高质完成出版任务。

"忘记历史就意味着背叛，否认罪责就意味着重犯。"《世界记忆名录——南京大屠杀档案》的问世，为南京大屠杀研究领域又奉上一部巅峰力作，必将推进南京大屠杀研究走向深入。同时，她的问世，也必将给那些沉迷于南京大屠杀"虚构"之说的日本右翼势力当头棒喝，必将让他们在如铁的事实面前低下虚妄的头颅，从而正视历史事实，承认日本军国主义对亚洲各国、特别是对中国人民所造成的巨大伤害，唤起世人反对战争、珍爱和平的时代强音，这也是一个民族敢于直面自己创伤和剧痛的自信与担当，正如国家档案局领导在首发式上所言："我们坚信在以习近平同志为核心的党中央领导下，全党全国各族人民不忘初心、牢记使命，高举中国特色社会主义伟大旗帜，锐意进取，埋头苦干，一定能够全面建成小康社会，夺取新时代中国特色社会主义的伟大胜利。中华民族伟大复兴的中国梦必将实现。这是对所有在南京大屠杀惨案中不幸罹难的同胞们最好的告慰。”

（本文原载2017年12月13日《江苏经济报》）

上篇　世界记忆·南京大屠杀档案

世界记忆·南京大屠杀档案

一

1393年筑成的明城墙
蜿蜒盘桓
将南京城层层环绕
拱卫着一个王朝的权力和体面
一块块刻有铭文的城砖
在630年后暖阳的照耀下
堆砌出历史的厚重与悲怆
城墙上依旧醒目的
累累弹孔
犹如一滴滴血泪
在无声地控诉

1937.12.13—1938.1
中国南京
凄怆的冬日
悲切的寒风整夜哀号
死亡的气息遮天蔽日

从那天起
世界上所有的罪行
都可以在这座城市找到
6 个星期惨绝人寰的大屠杀
“30 万同胞惨遭杀戮，
无数妇女遭到蹂躏残害”
侵华日军在这里所犯罪行的规模
以及残暴程度
超出人类想象
是“现代战史上破天荒之残暴记录”

二

12 · 13
每年的这个日子
华夏儿女都会有蚀骨之痛
许多年前的那段历史
凝结成
一页页文献
一帧帧影像
一件件实物
堆积成
如山的铁证——《世界记忆名录——南京大屠杀档案》
七辑 20 册的皇皇巨著
中英日三种语言对应
汇聚成
揭露侵华日军灭绝人性大屠杀暴行的

文献巨制
是对那段血色记忆
呕心沥血的承载
成为捍卫人类尊严的
锐利武器
那一个个历史痛点
是中华民族苦难的重要载体
刺痛并影响着
中国乃至世界的未来

侵华日军反人类反人道的残暴行径
是大规模赶尽杀绝的最残忍例证
是二十世纪最黑暗的一幕
给人类历史涂抹了一层浓重的黑色
然而
比骇人听闻的暴行更恶劣的
是日本右翼的翻案行径
他们不断污蔑南京大屠杀
“不真实”“捏造的”
邪风甚嚣尘上
蒙蔽了不少人的双眼

三

历史的真相
离不开良知和正义的捍卫
档案

真实记录历史
重要权威见证
2014 年
中国档案人拿起
无可辩驳的档案武器
甄选出 11 组南京大屠杀档案
申报联合国教科文组织“世界记忆名录”

兰台人的正义之举
在日本右翼团体
激起惊恐的涟漪
无理反对是他们常用的做法
巧辞令色是他们惯用的伎俩
他们疯狂阻挠
甚至精心准备了
一封告状信和 1500 多名专家的联名信
寄给相关评委和专家
目的就一个
污蔑南京大屠杀
阻挠南京大屠杀档案申报成功

正义的浪潮
不会被
邪恶的浪花
淹没
日本右翼的疯狂举动和
荒唐证据

只会让世人

更加看清

日本军国主义者的

无耻嘴脸

2015 年 10 月 9 日

“南京大屠杀档案”正式入选

世界记忆遗产

自此

南京大屠杀从城市记忆、国家记忆

上升成为世界记忆、人类记忆

将日本法西斯

永远钉进历史耻辱柱

四

2023 年初春的南京

侵华日军南京大屠杀遇难同胞纪念馆

凝重 肃穆

遇难同胞的尸骨

逝去孩童的衣物

日军施暴的照片

幸存者们叠满皱纹的脸

……

文献　影像

实物　档案

见证者　幸存者

被风暴摧折而又重新生长的记忆

从未褪色

跨越时光长河

刀刻斧凿般

烙在心底

告诉人们

历史不是冷冰冰的年份和数字

历史是一个个有温度的故事和

一个个有血有肉的人

唤醒人们

反对一切战争暴行以及

试图掩盖这些暴行的

无赖嘴脸　无耻谰言

警醒人们

铭记历史　珍爱和平

注：2015 年 10 月，由中央档案馆、中国第二历史档案馆、南京市档案馆、侵华日军南京大屠杀遇难同胞纪念馆等 7 家单位申报的 11 组“南京大屠杀档案”，被联合国教科文组织正式认定为世界记忆遗产，成为非常珍贵的世界记忆和人类共同文化遗产。这些档案，共同反映出侵华日军在南京大肆杀戮、奸污妇女、抢劫财物等滔天罪行和无耻行径。这对于包括中日两国人民在内的世界人民能够更加深刻地认识到战争的残酷性，教育世人认识、反对并制止灭绝人性的残暴行径，从而使南京大屠杀这样的人类悲剧不再重演，具有重要价值。2017 年 12 月，为铭记历史、告慰死难者的亡灵、捍卫人类尊严，国家档案局主编的《世界记忆名录——南京大屠杀档案》20 册影印图书，由南京出版社出版。

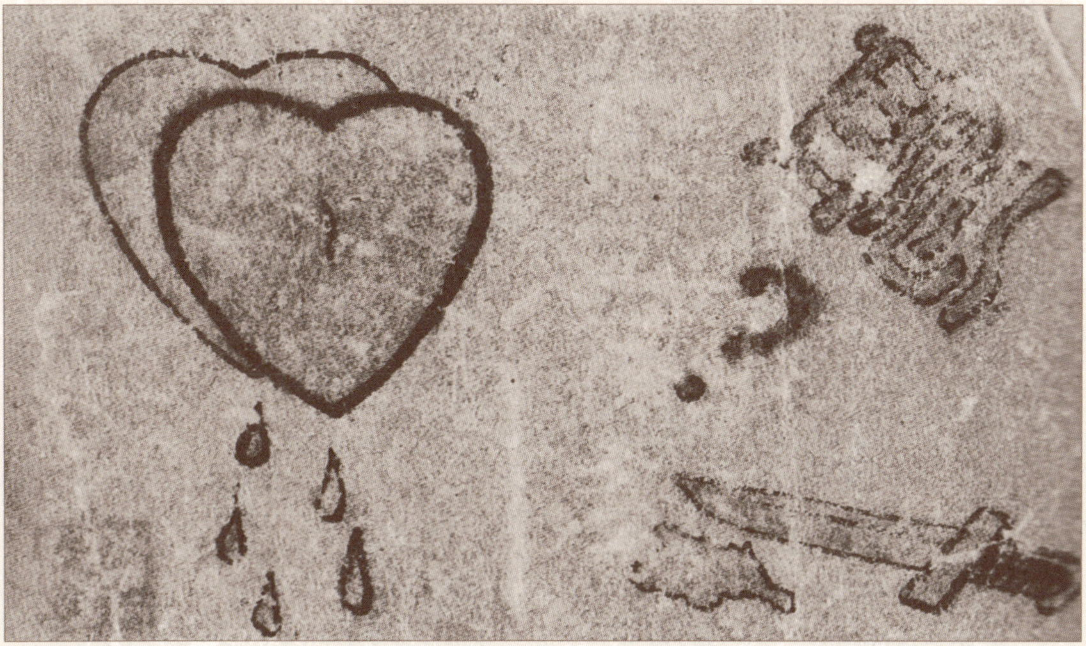

《侵华日军“南京大屠杀”暴行照片集》封面（中国第二历史档案馆藏）

京字第一号证据

该怎样描述这本相册呢
经过 80 多年的风霜雪雨
它依旧硬朗　坚挺
翻开相册
16 幅二寸半的黑白照片
忽然就这么刺入眼帘
一颗滴血的心脏
一把沾血的刺刀
一个大大的“耻”字
一个重重的“？”
泣血的文字
震撼人心的图像
力透纸背的怒吼
让这本写满国耻家仇的小相册
与二十一世纪二十年代黑色的眼睛相逢一隅
碰撞出紫电惊雷的交响
直抵人心深处
就像凝重而短促的旋律
伴随着铮铮作响的呼吸

在胸腔内升腾
升腾

1937 年 12 月
雪后的南京城
白　灰白　黑白　黑
红太阳　犹如一颗熟透的苹果
被日本侵略者的膏药白旗拂去
只有四处迸溅的血
猩红了秦淮河　燕子矶　草场门
和那一个个大大小小的
池塘　河道　沟渠　山梁
那一处处无数典故连接的
衣冠金粉　六朝古都
雍容华贵　文采风流

军刀冷冽的寒光
在那个中国战俘的脖颈处
盘旋　盘旋
为了劈出优美的弧线
那个在他们眼中就像是西瓜
或者是土豆一样的头颅
被不时校正
鹰隼般的刀锋闪过
四周哄堂狰狞的笑
这些原来也是人的鬼
在我们这片美丽得

《侵华日军“南京大屠杀”暴行照片集》内页（中国第二历史档案馆藏）

令人垂涎的土地上
用他们的獠牙、刺刀和鲜血
供养着变态的快乐

从档案中
从研究者的统计中
我们知道了
日军在中国实施杀人的方法有 250 多种
仅在南京大屠杀中
就有个别和集体枪杀
用机枪扫射
用炸药、地雷大规模炸死
以活人当靶子练刺杀
砍头　奸杀　烧死　剥皮
破腹　狗咬　溺毙和
各种虐待致死等等
在被害人死亡之前
穷凶极恶的虐待
尽可能让他（她）饱受痛苦
以图从中得到快乐
令人触目惊心　惨不忍睹
这一幕幕让人寸断肝肠的景象
就是血淋淋的历史

身穿旗袍的京城女人
知书达理的女性知识分子
被反绑双手的羸弱的中国母亲

是怎样的遭遇让她在镜头前
褪去最后的尊严
面对像野兽一样的侵略者
面对无法避免的屈辱
我们从照片中
看到了她因恶心痉挛的身躯
看到了她因伤心悲愤的泪水
看到了她因恐惧瞪大的眼仁
看到了她因仇恨喑哑的嘶吼
那是一种无望失望绝望
凄绝的嘶吼
让今天沐浴着和煦阳光的中国男人
听见后　依然剐心之痛
四肢依然火一样地燃烧

感谢当年只有 15 岁的照相馆学徒罗瑾
在那个最寒冷的冬日里
出于对侵略者的愤恨
冒着生命危险
把一名日军少尉送来的两卷日本樱花牌胶卷
其中的 16 张偷偷单独洗印成册
并秘藏于寺庙内
后转由其 18 岁的同学吴旋保管
他们“经无数困苦”
珍藏了这组侵华日军的屠城血证
1947 年 3 月
当这些照片

在南京黄埔路“励志社”重见天日时
成为敲碎邪恶者灵魂的“一号证据”
百般狡辩拒不认罪的南京大屠杀主犯之一
侵华日军第 6 师团中将师团长谷寿夫
目睹这些铁证
筛糠了双腿
“慌乱不能自持”

我无数次在脑海想象
少年罗瑾是如何
在凶神恶煞般的日本军官眼皮底下
紧张沉稳且迅速地
洗印好这 16 幅罪证
我们看到
在 80 多年前那个
寻常或不寻常的冬日
在南京最黑暗最寒冷的时刻
依然有一群又一群奔涌的春潮
抗争的力量
在历史狂飙的深处
发出振聋发聩的
呐喊

注：南京大屠杀期间，日军拍摄了不少炫耀其战争淫威的照片。1938 年 1 月，一个日军少尉军官拿着两卷 120“樱花”胶卷到南京“华东照相馆”冲洗，该照相馆学徒罗瑾冲洗时，赫然发现多张日军砍杀中国军民和侮辱中国妇女的照片，深感悲愤，于是偷偷加印，并选择了其中 16 张装订成册，密藏在寺庙内，后转由其同学吴旋保管。日本投降后，南京国民政府为对侵华日军战犯进行审判，向社会收集日军暴行证据。这本相册被吴旋送至南京市临时参议会。由于该相册中的照片“确系日寇施行暴行所自摄，而足以证实战犯罪行之铁证用”，成为南京审判战犯军事法庭大屠杀案的系列证据第一号。

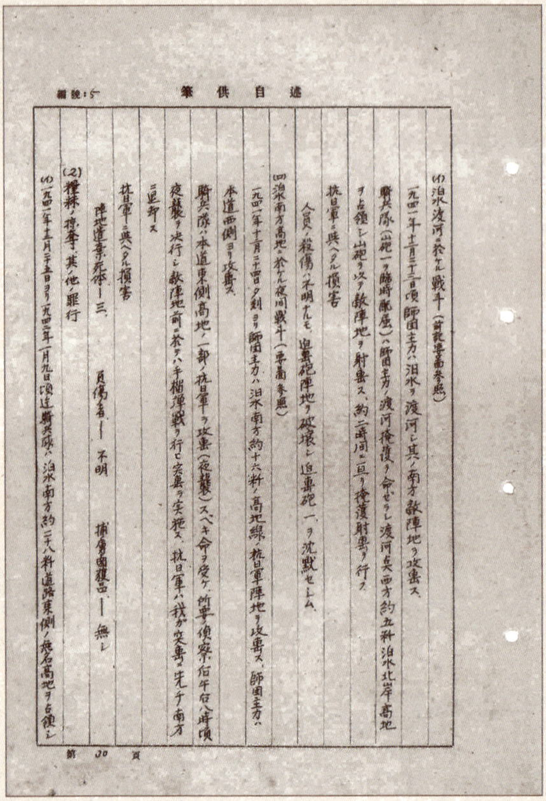

編號：5　　　　筆　供　自　述

(1) 泊水渡河ニ於ケル戦斗（前記要圖参照）

一九四一年十二月二十三日頃師団主力ハ泊水ヲ渡河シ其ノ南方敵陣地ヲ攻撃ス。

騎兵隊（山砲一ヲ臨時配属）ハ師団主力ノ渡河掩護ヲ命ゼラレ渡河点西方約五粁泊水北岸高地ヲ占領シ山砲ヲ以テ敵陣地ヲ射撃ス、約二時間ニ亘リ掩護射撃ヲ行フ。

抗日軍ニ與ヘタル損害

人員ノ殺傷ハ不明ナルモ、迫撃砲陣地ヲ破壊シ迫撃砲一ヲ沈黙セシム。

(四) 泊水南方高地ニ於ケル夜間戦斗（要圖参照）

一九四一年十二月二十四日夕刻ヨリ師団主力ハ泊水南方約十六粁ノ高地線ノ抗日軍陣地ヲ攻撃ス、師団主力ハ本道西側ヨリ攻撃ス。

騎兵隊ハ本道東側高地ノ一部ノ抗日軍ヲ攻撃（夜襲）スベキ命ヲ受ケ、所要ノ偵察ヲ午后八時頃夜襲ヲ決行シ敵陣地前ニ於テハ手榴弾戦ヲ行ヒ突撃ヲ実施ス、抗日軍ハ我ガ突撃ニ先チ南方ニ退却ス

抗日軍ニ與ヘタル損害

陣地遺棄死体ー三、　負傷者ーー不明　捕虜鹵獲品ーー無シ

(2) 糧秣ノ掠奪、其ノ他ノ罪行

(1) 一九四一年十二月二十五日ヨリ一九四二年一月九日頃迄騎兵隊ハ泊水南方約二十八粁道路東側ノ無名高地ヲ占領シ

第 30 頁

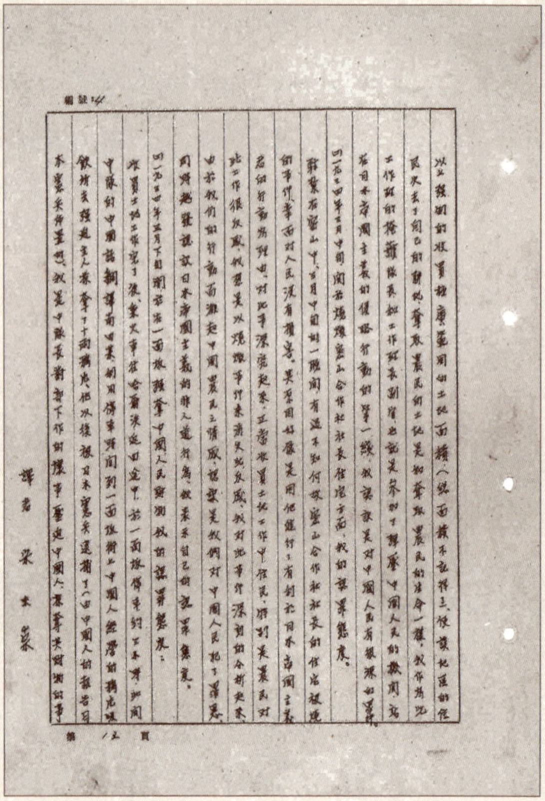

編號：41

譯者　梁木森

第 12 頁

日本战犯太田寿男的部分笔供原文（左图）和太田寿男笔供的中文译文（右图）（中央档案馆藏）

触目惊心的证言
——日本侵华战犯太田寿男供词

他是目睹南京大屠杀暴行的见证人
他是南京大屠杀的刽子手
他是真正的日本鬼子

1954 年
原籍日本爱媛县松山市的
58 岁的日本侵华战犯太田寿男
在辽宁抚顺战犯管理所
供述了 1937 年 12 月
他在南京的
所见所闻　所作所为
时间虽已过去 17 年
但他的记忆并不模糊
他的叙述就像他被俘后日夜思念的
在兵库县的妻女的模样
格外清晰
甚至
他还精心绘制了几张插图
画面清晰　标注精确

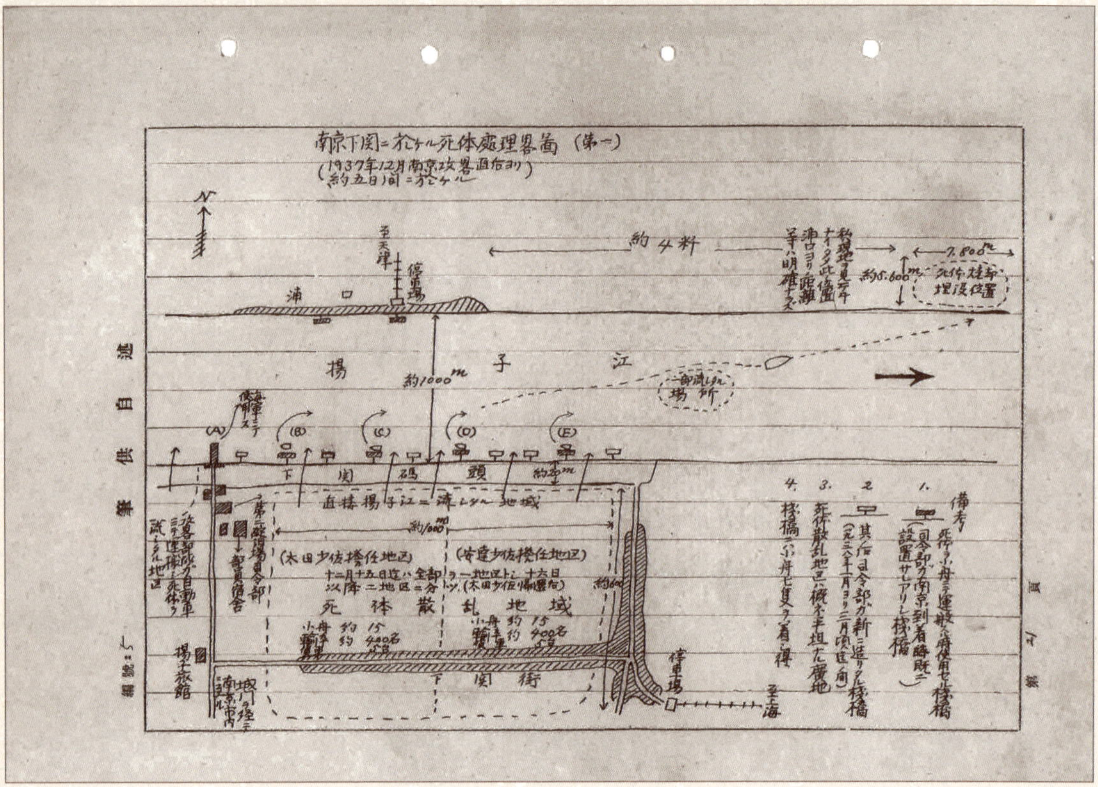

太田寿男手绘的“在南京下关处理尸体的略图”（中央档案馆藏）

从中可以看出
这位日本东京陆军士官学校毕业的军官
执着甚至固执的细致

不过　我更愿意把它理解为
1937 年 12 月
这位华中第二碇泊场司令部的 30 岁少佐
南京
之于他的军事生涯
乃至人生经历中
是由人变鬼的地方
是入骨铭心的存在
那一堆堆血肉垒起的尸墙
那一个个含冤惨死的魂灵
那一幕幕如炼狱般的惨象
应该会
时常在他梦里缠绕
经常让他灵魂煎熬

1954 年 7 月 10 日
面对讯问
太田寿男言简意赅
但内容骇人听闻

问——
“你到达南京之后，
具体的又做了哪些事情呢？”

答——

“1937 年 12 月 13 日，

日军攻陷南京之后，

曾在市内进行了大屠杀。

我是 12 月 15 日到达南京的，

我到达之后就接受了运输尸体的任务，

为了完成这个任务，

碇泊场司令部拨给了我 800 名运输兵，

我和安达少佐各率 400 名，此外，

还拨给运输尸体使用的 10 辆汽车、30 只汽船，

在这以前，安达少佐就已经在 14、15 日两天

处理了 65000 多具尸体，

但其他部队也自行处理了一部分。”

问——

“把你亲自参加运输尸体的情况讲一讲。”

答——

“我在 15 日傍晚到达南京碇泊场司令部之后，

司令部的司令官命令我：

‘安达少佐正在处理尸体，

现在命令你和安达少佐共同完成这项任务……’

当我奉到命令之后，

就在南京下关码头上，

分东西两个区域执行任务，

安达在东部处理，我在西部处理，

两个区域共使用 30 只汽船、10 台汽车，

从 12 月 16 日开始至 18 日两天的时间，

经我处理的尸体有 19000 多具，
安达处理了 16000 多，
加上头二天安达自己处理的那 65000 多具，
碇泊场司令部共处理了 10 万以上的尸体，
其中除有 3 万多具是掩埋、烧毁的以外，
其余的都投到扬子江里了，
我想其他部队自己处理的至少也有 5 万人。
被杀害的人们绝大部分是市民，
还有一部分抗日军，
当我刚到下关的时候，
还看见有日本军队仍用机关枪向他们扫射，
我记得被扫射的许多人之中，
还有很多带活气没死过去，而仍在呼吸着的人。”

问——
“经你处理的有多少是仍在呼吸，活着的人？”
答——
“经我处理的将近 2 万个尸体里面，
就有 350 多个是被扫射后，
仍在呼吸未死的。”

问——
“你对这些人是如何处理的？”
答——
“在处理这些活人的时候，
我命令部下，先用装备的铁钩子将他们打死，
使其绝命后，

再用钩子搬运，最后投到扬子江里。”

平静的叙述
是一幕幕令人震惊的恐怖画面
冬日的扬子江
被无辜死难者的鲜血
染成一片血红
甚至空气里面
都弥漫着挥之不去的血腥味
一个个年轻的生命
瞬间湮灭
变成江边横亘的肉堤和
黑色的尸山
挣扎的呻吟
殷红的鲜血
战栗的手足
千年长江在悲咽
碧绿的江水泛起猩红
拍打着圆木般的遇难者
就像母亲
哭泣着
抚摸
罹难的孩子

1954 年 8 月 3 日
太田寿男在笔供中
又详细地证实——

“下关地区大部分（尸体）是运到码头投入扬子江，
小部分是用小船运到稍下游投入扬子江。
距离码头较远的尸体使用卡车或手推车等，
近的用赶制的简易担架搬运。
搬运任务由陆上输送队承担。
处理方法与货物相同，
大部分是用铁钩进行。
尸体中尚存负重伤未完全断气者，
用铁钩扎向其头部及心脏，
使之断气后搬运。”

“到烧毁、掩埋地点的搬运配备有小船，
每次约 30 只，每日约运 10 次，约进行 2 天。
由输送队往小船上装运，
再由约 500 名占领部队人员，
进行烧毁及掩埋作业。”

“南京事件所处理的尸体总数：
南京碇泊场所担任的数，约 10 万，
进攻南京的部队所处理的数，约 5 万，
计 15 万：估计。
尸体种别是，被捕的抗日军（估计约 3 万），
其他是住民，有男女老少。
总而言之，在尸体内住民是占多数，
是很清楚的。”

"如上述，在陷落南京时，
日本军的非人道行为是不用现在再提，
其罪恶是最严重的。"

一字一句的证言
像铺天盖地的流弹
从天而降
滴血的心
被千百次洞穿
又像是
一把把寒光凛冽的军刀
裹挟着狞笑
捅向一个个
绵柔也强悍的躯体

无法用语言来描述心情
阿多诺说
"在奥斯威辛之后，写诗是残忍的"
但我要说
"在南京大屠杀之后，不写诗也是残忍的"

86 年前发生在长江边的
那一个个具象的残忍场景
穿越岁月的泥沼
深一脚浅一脚地
映入眼帘——
尸堆如山的南京挹江门口

血水翻卷的长江下关江边
一支 800 人的日军
正在紧张清理着他们
血腥大屠杀后的累累“战果”
汽船日夜穿梭
卡车来回忙碌
配发的铁钩
随意扎进重伤者的脑袋或者心脏
尔后拖上卡车或者汽船
一具具中国人的尸体　男女老少
被迅速倾倒至长江中
或者
焚烧掩埋在江北的空地里
发光的鲜血
一遍遍涂抹污浊的江水
纷乱的泥泞
深陷着一朵朵支离的花蕾
有女人的头巾
燃烧在惨烈的夕阳里

血腥的哄叫和辗乱
江水的奔腾与破碎
激荡着警钟的回响
积聚着非凡的力量

注：1950 年 7 月 20 日，苏联将 1945 年 8 月出兵东北时捕获的 969 名日本战犯移交给中国，关押在抚顺战犯管理所。另有中方捕获的 130 余名日本战犯，关押在太原战犯管理所。1954 年，中央人民政府最高人民检察署（后改称中华人民共和国最高人民检察院）负责对日本侵华战犯的侦查、起诉工作，对他们在侵略中国战争中侵夺中国主权，策划、推行侵略政策，进行特务间谍活动，制造细菌武器，施放毒气，屠杀、抓捕、奴役和毒化中国人民，强奸妇女，掠夺物资财物，毁灭城镇乡村，驱逐和平居民，违反国际准则和人道主义原则等各种罪行进行了审讯。日本战犯太田寿男的供词及参战日本士兵的证词已成为揭露日本侵略者在南京疯狂血腥屠杀的铁证。

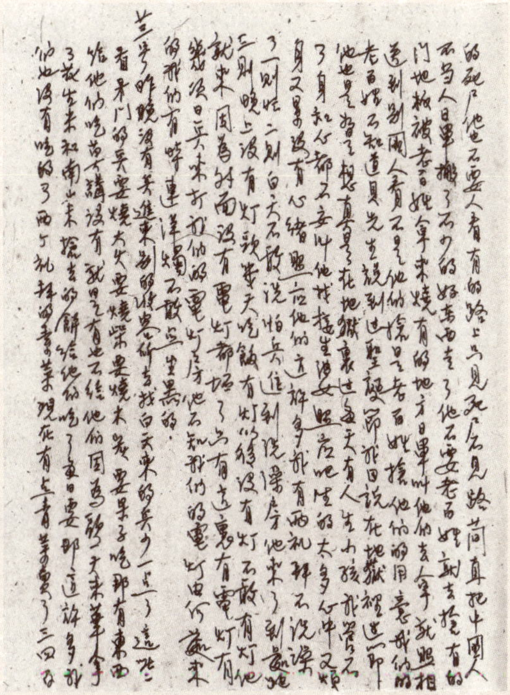

《程瑞芳日记》（中国第二历史档案馆藏）

中国的《安妮日记》
——《程瑞芳日记》

“中国人为何要遭这种罪”
她在日记本上
用钢笔悲愤地写道

这是一本线装软抄本
内页为上海信笺公司印制的元书纸信笺
封面石纹硬板纸已微微泛黄
正中一列俊逸的钢笔手书
“一九三七年，首都沦陷，
留守金校的同人一段日记”

1937 年 12 月
在南京那段最黑暗的暗夜
金陵女子文理学院舍监
62 岁的程瑞芳
这位勇敢的中国女性
将侵华日军在安全区内所犯的
烧杀劫掠奸淫罪行和
南京难民遭受的非人待遇

以及屈辱、悲痛
愤怒和无奈
逐日记录

寒风中摇曳的烛火
犹如跳跃着的　杂乱的挽歌
冰冷的气息
渗透进她　和她们的
肌肤
思绪在刀锋下
寸寸断裂

“（12月）13号：将上四个月，
南京城就没有（平静），
并且南京城只打了三天，真是凄惨，
不知明天还要闹出什么事来呢！
今日又生了两个来世吃苦的小孩，
这些月母子也苦，睡在地上。”

“（12月）14号：今日来的人更多，
都是安全区内逃来的，
因日兵白日跑到他们家里抄钱、强奸。
街上刺死的人不少，安全区内都是如此，
外边更不少，没有人敢去，
刺死的多半青年男子。”

“（12月）17号：现有十二点钟，

坐此写日记不能睡，
因今晚尝过亡国奴的味道。”

“（12月）18号：……真不得了，
这些（日本兵）猖狂极了，
无所不为，要杀人就杀人，
要奸就奸，不管老少……”

“（12月）22号：在路上睡的死尸他（日军）也不要人看，
有的路上只见死尸不见路，
简直把中国人不当人……”

“（12月）29号：……现在日兵清理街道，
把死人埋下土，或是烧，
街上死人太多了。”

“他们（日军）真是贼，
什么东西都拿去，现在南京一个空城了。
太平路房子只有八九家没有烧，
夫子庙都烧了，府东街烧了一半，
陈明记的店也烧了，快要成一片焦土。”

“在燕子矶那边有几千逃兵饿了三天，
后来派两个兵到日兵那里投降，
有两天送东西给他们吃，
三天后用机关枪射死了，

这是魏司夫（师傅）在那里看见的。

有的军人和百姓，他们用绳子捆牵到沟边，
枪（毙）一个倒在沟里一个，
一排一排的死，真可怜。
那些死在燕子矶的尸首还在那里，
有的地方死尸被狗拖，想起来不能不伤心，
死得真苦，妇女做寡妇也不少。
魏司夫（师傅）回来说，他拖去的那一天，
下关那一带路上走，没有路走，
走在死人身上，他所看见的事都是惊人。”

“不写了，想起中国人民不能（不）心酸，
死后更苦。”

这本唯一由中国人自己记录的南京大屠杀日记
堪称“中国的《安妮日记》”
84 天的血泪记忆
3 万多字的罄竹之书
这是民族受劫难的悲鸣
这是文明被摧残的哀曲
这是和平被碾压的呤泣
这是中华儿女永远铭刻的伤痛
这是人类无法抹去的记忆

注：程瑞芳（1875–1969），生于湖北武昌。1897年从武昌护士学校毕业后，在当地教会女子医院工作。1924年2月，受金陵女子文理学院聘用，担任舍监。1937年12月南京沦陷前，62岁的程瑞芳决定与魏特琳、陈斐然三人组成金陵女子文理学院非常委员会，负责金陵女子文理学院安全区的工作。从1937年12月8日至1938年3月1日，在84天的时间里，年逾六旬的程瑞芳用日记的形式，将日军在安全区内所犯的烧杀劫掠奸淫罪行和南京难民遭受的非人待遇以及自己的心路历程逐日记录。1946年4月，程瑞芳曾到日本，作为南京大屠杀见证人，在远东国际军事法庭上揭露了侵华日军南京大屠杀期间的罪行。程瑞芳的日记，与举世闻名的《安妮日记》一样，同样出自女性之笔，同样在法西斯统治下偷偷写成，同样充满了人类痛恨战争、谴责残暴、渴望和平的正义与良知，都是异常珍贵的人类共同记忆，不愧为“中国的《安妮日记》”。

约翰·马吉

写下他的名字
我就听见密集的枪声
凄厉的厮杀声和呼喊声
从远方传来

那天
暝色的天空
硝烟弥漫
堆压着厚重的黑暗
斑驳了冬日的夕阳
侵略者的进攻
汹涌　狂厉　肆虐
炮弹呼啸的风
连同野兽的狂吠
割开了百年的城墙
饥饿的大口和
尖利的魔爪
瞄准了已经支离破碎的城
还有数十万

手无寸铁
任凭宰割的人

恶鬼般蜂拥闯入的日本兵
肆意撕咬着金粉之都的每个角落
所过之处
血雨腥风　哀鸿遍野
火光冲天　寸草不生

这位清瘦的金发碧眼的传教士
这位南京安全区国际委员会委员
这位在中国生活 20 多年的外国友人
震惊于眼前的惨绝人寰的景象
更愤懑于侵略者令人发指的暴行
他首先拿起笔
在南京大屠杀期间
给日本大使馆和
日本占领军最高指挥机构
写下了几百份《抗议书》和《报告书》
强烈要求停止暴行
期望野兽收敛嗜血的本性
和劫掠的意愿
但结果
可想而知

感到无力的他
想到了手中的

约翰·马吉拍摄南京大屠杀暴行所用的摄影机（侵华日军南京大屠杀遇难同胞纪念馆藏）

16 毫米摄影机
这是记录的工具
更是反击的武器

“必须小心谨慎地行动，
摄影时千万不可让日本人看见。”

南京十二中益智楼二楼
他斜靠窗前
把摄影机镜头
对准了窗外的空地
偷偷用影像
记录下侵华日军
在路边搜捕的情形
尖利的吼叫声和
撕心裂肺的哀求声
不绝于耳
他知道
这些镜头里涌动的人流
很快就会一排排
扑倒成巨大的挽幛

侵华日军的野蛮和暴虐
超出所有人的想象
从 1937 年 12 月到 1938 年 1 月
他偷偷在南京各地
拍摄了 8 卷 16 毫米胶片

共 105 分钟

这里有——
被汽油烧焦的尸体
街道上、水塘中被日军血腥屠杀的平民
被日军奸淫的中国妇女
残垣断壁的城市

这里有——
被日军用军刀严重砍伤的
搪瓷店的职员
入院 6 天后
脑部受伤处的脉搏跳动依然清晰

这里有——
因反抗日本兵强暴
身中 30 多刀
在南京鼓楼医院救治的
怀有 7 个月身孕的李秀英

这里有——
家住南京中华门新路口
8 岁的夏淑琴
一家七口惨遭日军杀害的情景

……

这些镜头
是留存至今的有关侵华日军南京大屠杀的
唯一动态画面
是侵华日军在南京进行大屠杀的真实记录
是揭露侵华日军暴行的如山铁证

“重复这些，令人恶心，
但应该把它记录下来，这样，
这些真相有一天才能公之于众。
假如当时能有更多的胶片，就好了。”

“日军对我们的仇恨远甚于仇敌，
因为我们向全世界
揭露了他们的丑行。”

1946 年
远东国际军事法庭
这份弥足珍贵的影像资料
被检察方面作为物证
当庭放映
他亲自作为证人
向法庭陈述了他在南京亲历的
种种日军暴行
“他们（日本士兵）立即采用各种手段进行屠杀，
通常由个别士兵以及
多达三十个人组成一组的士兵进行，
但在那里（南京），

翻拍自约翰·马吉影片的照片——日军在上海路搜捕的情形

很快就出现了大规模的屠杀，
有数百人是被刺刀捅死的”
证言以及他所出示的影片资料
让法庭上的所有人
感到无比惊愕
东京的日本记者
在他们的报道中
一连用了
“惨惨惨”3个字形容
“那一刻，
令人战栗不已！”

86年前
在南京的至暗时刻
他用微薄之力
给那段冰冷残酷的历史
留下了
片刻温暖

注：约翰·马吉(John G. Magee)(1884—1956)，1884年生于美国匹兹堡，1912—1940年在中国南京新教圣公会教堂任牧师。1937年11月起，马吉牧师任国际红十字会南京委员会主席、南京安全区国际委员会委员。南京大屠杀期间，约翰·马吉牧师冒着生命危险，用16毫米摄影机拍摄了真实记录南京大屠杀的原始影像，为世人留下了极其珍贵的历史证据。1938年初，马吉托人设法躲过日军的检查，将自己拍摄的胶片，秘密带往上海，在上海柯达公司拷贝4部，其中1部送到英国，1部送到德国，另外2部都带到了美国。1946年，远东国际军事法庭审判日本战犯时，马吉作为证人向法庭陈述了他在南京亲历的种种日军暴行。2002年10月，约翰·马吉的儿子大卫·马吉先生将16毫米摄影机及真实记录南京大屠杀的电影胶片母片、胶片盒，捐赠给侵华日军南京大屠杀遇难同胞纪念馆。

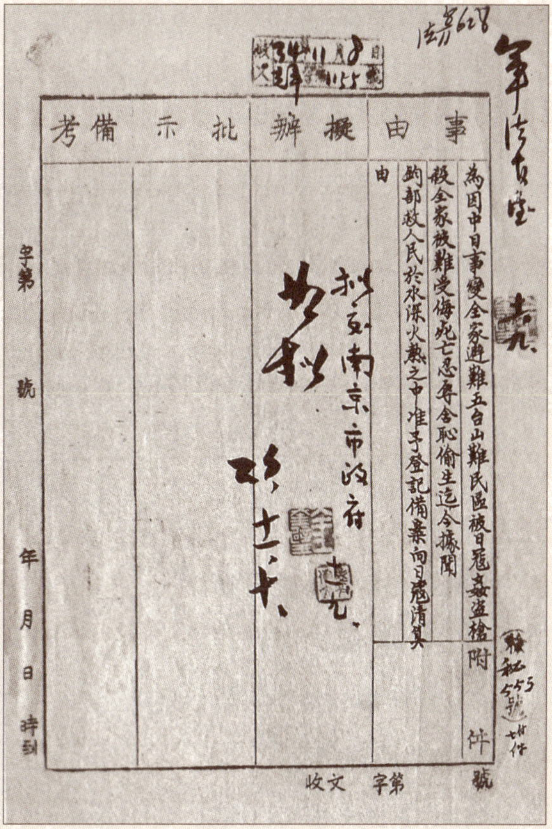

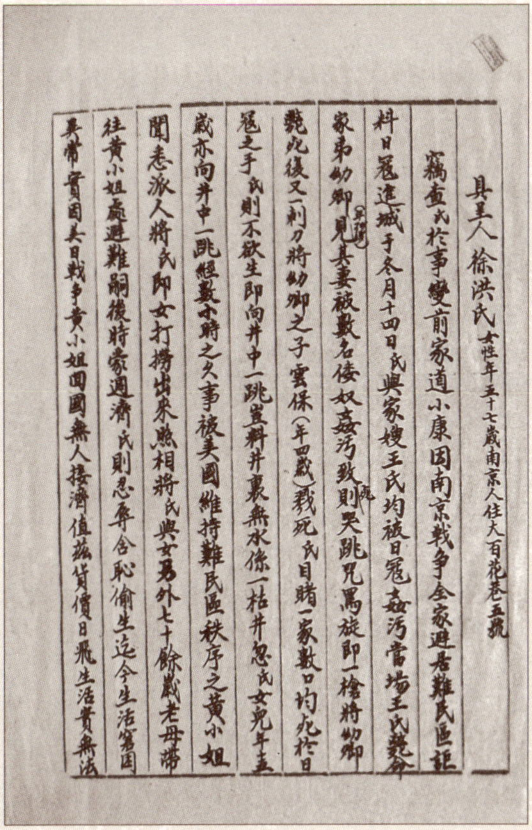

徐洪氏呈（南京市档案馆藏）

浸透血泪的控诉

——《南京市市民呈文》

徐洪氏呈

1937年的徐洪氏　49岁
家住南京大百花巷
“氏于事变前，家道小康。”
我们可以想象
作为衣食无忧的京城女人
古都金陵
也许到处会留下了她
或欢快或急促或闲适的身影
当时正处于新旧交替的民国首都
时代变迁的痕迹
也会不时驻留她的眼眸——
早点摊　补锅匠　磨刀人　弹棉郎
唤醒了拥挤的街巷
此起彼伏的吆喝
叮叮当当的混响
是家庭主妇们最熟悉的旋律
是大姑娘小媳妇

串门照面闲谈八卦的集结号
汽车　电灯　电报　电话
以及新街口夜晚霓虹的闪烁
沥青马路两旁伸展的梧桐
还有吸引天南海北文人骚客蜂拥而至的
文德桥上的秦淮月
让这个城市的人们
心底涌出天然的骄傲
如果不是日本侵略
如果不是鬼子屠城
这一切
对她和这座城市的人们来说
是多么美好

1937 年 12 月 13 日
六朝古都　繁华京城
玄武湖上宁静的月光
被呛人肺腑的硝烟
熏成惨烈的红
被寒光凛冽的军刀
劈成绝望的黑
噼啪的枪声
拌杂着嚎叫
惊飞了朱雀桥上的燕雀
颤抖了乌衣巷里的楼阁
可怜的南京市民
曾经的舒适安逸快乐幸福

一夜之间
灰飞烟灭

1945 年 10 月 10 日
57 岁的徐洪氏
在呈文中
痛述了翻天覆地无以复加的耻痛
那是她心底永远的梦魇

“因南京战争，全家避居难民区。
讵料日寇进城于冬月十四日，
氏与家嫂王氏均被日寇奸污，
当场王氏毙命。”

“家弟幼卿（年 34 岁）见其妻被数名倭奴奸污致死，
则哭跳咒骂，（日寇）旋即一枪将幼卿毙死，
复又一刺刀将幼卿之子云保（年四岁）戳死。”

“氏目睹一家数口均死于日寇之手，
氏则不欲生，即向井中一跳，
岂料井里无水，系一枯井。
忽氏女儿（年十五岁）亦向井中一跳……”

这位伤心欲绝的母亲
这位为了 70 余岁老母和 15 岁女儿
“忍辱含耻偷生”的女人
把一个个带血的字

和那颗滴血的心
刻进呈文中
“氏日日以泪水洗面……”

无法想象
这位年近五旬的南京妇女
在家破人亡死里逃生之后
在饱受屈辱耻辱之后
在经历人生巨变之后
是以怎样的毅力怎样的意志
顽强地倔强地活着
“颇感国仇家恨无法洗雪！”
也许
这就是她最大的支撑
这就是她不屈的呐喊

哈马氏呈

哈马氏
一位常年居住在南京的普通女人
1945 年 11 月 2 日
她 80 岁
耄耋之年的老妪
风烛残年的寡妇
许多事情开始淡忘
许多面孔已经遗忘
岁月惨烈的风云

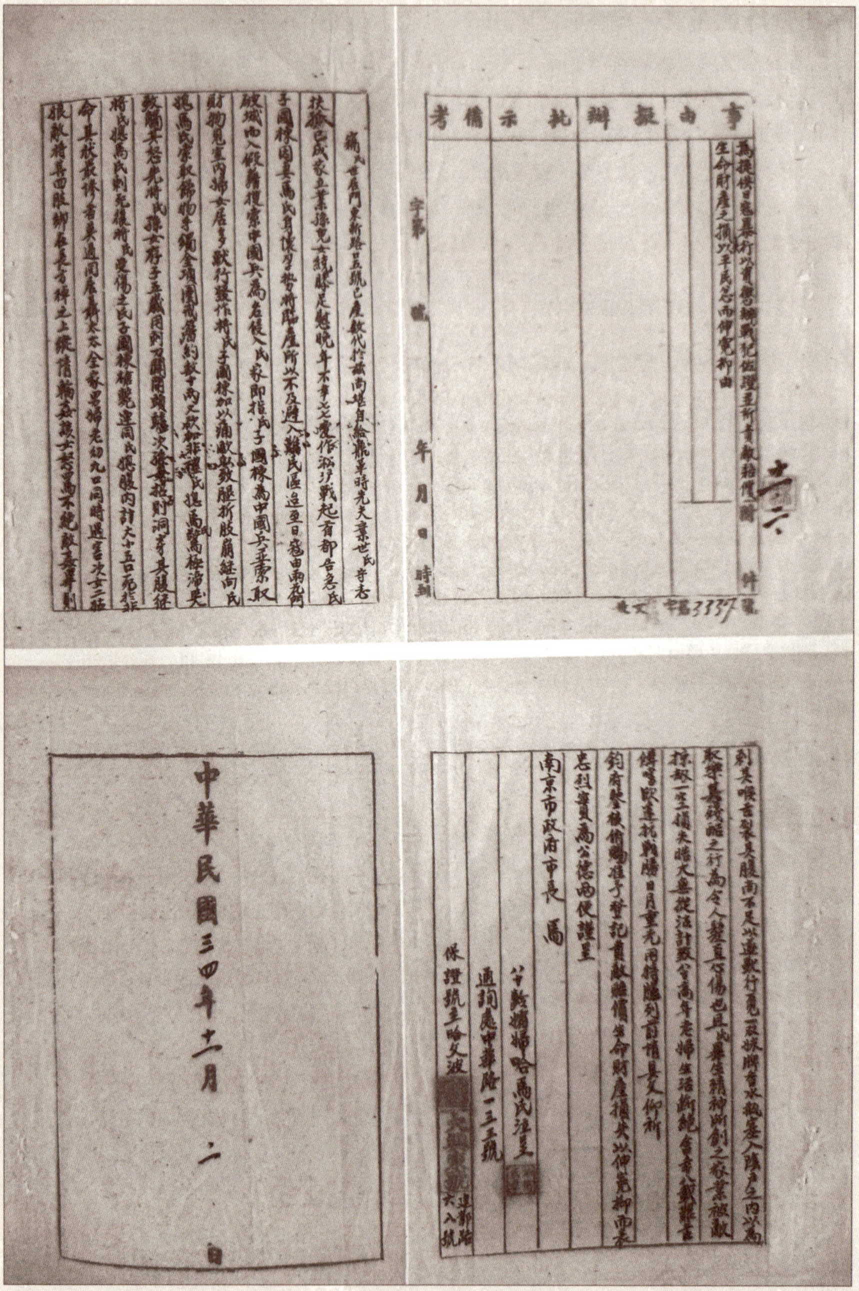

哈马氏呈（南京市档案馆藏）

也已浑浊了她的双眸
但是　1937 年 12 月
那个冬天的记忆
却像三八大盖上明晃晃的枪刺
每天都戳进她的胸窝
痛彻心扉
积压在心中八年的伤恸
凝结成一页页
泣血的呈文

“鼎革时先夫弃世，
氏守志扶孤，已成家立业，
孙儿女绕膝足慰晚年……
首都告急，氏子国栋因妻马氏身怀孕，势将临产，
所以不及避入难民区。”

“日寇由雨花门破城而入，
假借搜索中国兵为名，侵入氏家……
见室内妇女居多，兽性发作，
将氏子国栋加以痛殴，以致腿折肢崩。”

“氏媳马氏惊极啼哭，致触其怒，
先将氏孙女存子五岁用刺刀劈开头颅，
次孙女招子则洞穿其腹，
继将氏媳马氏刺死，
复将氏受伤之氏子国栋枪毙，
连同氏媳腹内计大小五口死于非命。”

殷红的血　脆弱的雪
不时在她的思绪深处漫涌
“孙儿女绕膝足慰晚年”
一位中国老妇人最简单的追求
最朴实的幸福
在那个黑太阳遮蔽的日子里
被豺狼
肆意搅碎　任意碾杀
全家五口横遭杀戮
这位老妇人
儿子的妈妈
儿媳的婆婆
孙女的奶奶
刺刀洞穿了她世代居住的门东新路五号
原本略弯的脊背
在那一刻
轰然坍塌
双眼
从此布满血雾

不仅如此——
“氏毕生精神所创之家业被敌掠劫一空，
损失浩大，无从沽（估）计，
致八十高年老妇生活断绝，
含辛八载，艰苦备尝”

不仅如此——

“最惨者莫过同居聂太太全家男妇老幼九口同时遇害，

次女二姑娘，敌将其四肢绑在长方桌之上纵情轮奸，

该女怒骂不绝，

敌奸毕则刺其喉舌裂其腹，

尚不足以遂兽行，

觅一‘双妹牌’香水瓶塞入阴户之内以为取乐，

其残酷之行为令人发直（指）心伤也……”

2023 年金陵的初春

玄武湖边　明城墙旁

阳春三月　草长莺飞

悲怆的呈文

真实的记录

泣血的控诉

在此刻

在暖灯轻抚的晚上

一声又一声

敲击着沧桑的城墙

一字又一字

撞击着诗人的心房

飞溅的血雨

窒息的黏稠

撕裂的呐喊

一种锥心刺骨的痛

从脚底升腾

在周身沸腾

徐进呈

1937 年 12 月 16 日
南京沦陷后第三天
这座昔日繁华的首都
被死亡的气息
血腥的味道
残垣断壁的景象
四野遍布的尸身
活生生地
撕咬成
地狱的模样
无处不在的
杀戮　强奸　抢劫
和
无时无刻不在弥漫的
恐惧　痛苦　悲伤
让残存在城里的
南京人　安徽人　湖南人　广东人
……
几乎来自全国各地的
数十万中国人
随时随地
失去往日的身份
灭绝人的尊严
被迫接受一瞬间

活着还是死去

南京市民徐进
在 1946 年 1 月 26 日写给
国民政府的呈文中
回述 9 年前的那场罹难
字里行间
奔涌着
恐怖　战栗　悲愤

12 月 16 日下午约 2 时左右
居住难民区内鼓楼三条巷三号楼的徐进
和全屋的男子
被数名持枪日军赶到大门外站队
“该队系由居住鼓楼、大方巷、五条巷、挹华里、
四条巷、聚槐村、三条巷、合兴里等处青年顺序组成，
共千余人。由持枪日军二十余人监督前行，
经过聚槐村、云南路、阴阳营、宁海路、山西路，
沿中山北路出挹江门，过中山桥到中山码头，
向右首转弯沿江边马路约距中山码头五百公尺处，
突令站住，由押队日军二十余人，
将事前准备的草绳，将全体同胞两手背绑。
是时约午后五时左右，
队前部忽然一片悲哀凄惨的哭声震起，
接着机关枪、步枪一阵紧似一阵，
这时日寇逼迫每四人为一组向江中跳。
这千余赤手空拳的同胞，两手又被绑住，

无法与敌人拼命，情知是死，
皆高呼：‘打倒日本帝国主义！’
可怜这千余同胞就在激昂的呼声中被暴敌残杀了。”

“窃民排在队尾，下江时天已大黑，
江边已填满，只好伏在尸堆上，
枪弹如雨点般落在无辜同胞的身上，
射击究竟有多少时候已不知道。
其时已骇晕了，惟心中尚明白身上未曾中弹，
直至火笠帽（汽油烧在军人遗下的笠帽上）投到身上，
才惊醒过来，赶快钻入尸堆中。
此时全身皆浸蚀（湿）在水中，
寒风吹来冷彻骨髓，
突闻岸上枪声连发数响，
系未死者上岸，被看守日寇打死……”

徐进万分幸运
在这场大屠杀中
他奇迹般幸存
“直至次日（十七日）天色将晓，
大雾弥江……乘此良机上岸”
幸存下来后的经历
徐进在呈文中没有提及
可以想象
平白无故遭此生死劫难
虽然没有中弹
但在徐进心中

一定有一片浓重的阴影
有一方沉重的块垒
会像弹片般
潜伏在他的四肢　躯干　大脑
每时每刻都会翻江倒海
让他痛不欲生
陪伴他一生

徐进是坚强的
有的人遭此大难之后
即便侥幸存活
也已精神错乱
要一生与病魔战斗
也许
对日本军国主义的憎恨
要揭露侵华日军暴行的心愿
成为徐进的有力支撑
当“抗战终于胜利，侵略者已无条件投降”
徐进在呈文中
以当事人、见证者、幸存者的身份
把这场大屠杀详细公之于世
虽然
这只是侵华日军在南京犯下的无数罪行中的一个
这只是南京大屠杀的一个小小片段
但足以印证
侵华日军在南京实施的
是有计划有组织的集体屠杀行为

呈文最后
徐进将集聚在胸中九年的怒火
喷涌而出——
“这批屠杀南京的中岛部队，
伏祈按战犯讯明，处以极刑，
以慰九泉下无辜死难同胞！”

注：南京市档案馆保管有大量日伪统治时期的南京市民呈文和抗战胜利后的市民呈文。1945年抗日战争胜利后，南京市民以呈文的形式向各类机构和组织陈述南京大屠杀期间其个人或亲属所受日军屠杀、奸淫、掳掠、破坏财产的暴行，以及工商业、宗教、公益、慈善团体所受损失情况，并请求救济与赔偿。这些呈文是受害方的泣血记录，真实、客观地记叙和控诉了侵华日军犯下的滔天罪行，形成了完整系统地反映侵华日军在南京罪行的证据链。

1938年出版的《战争意味着什么：日军侵华暴行》英文版封面

哈罗德·约翰·田伯烈　编著

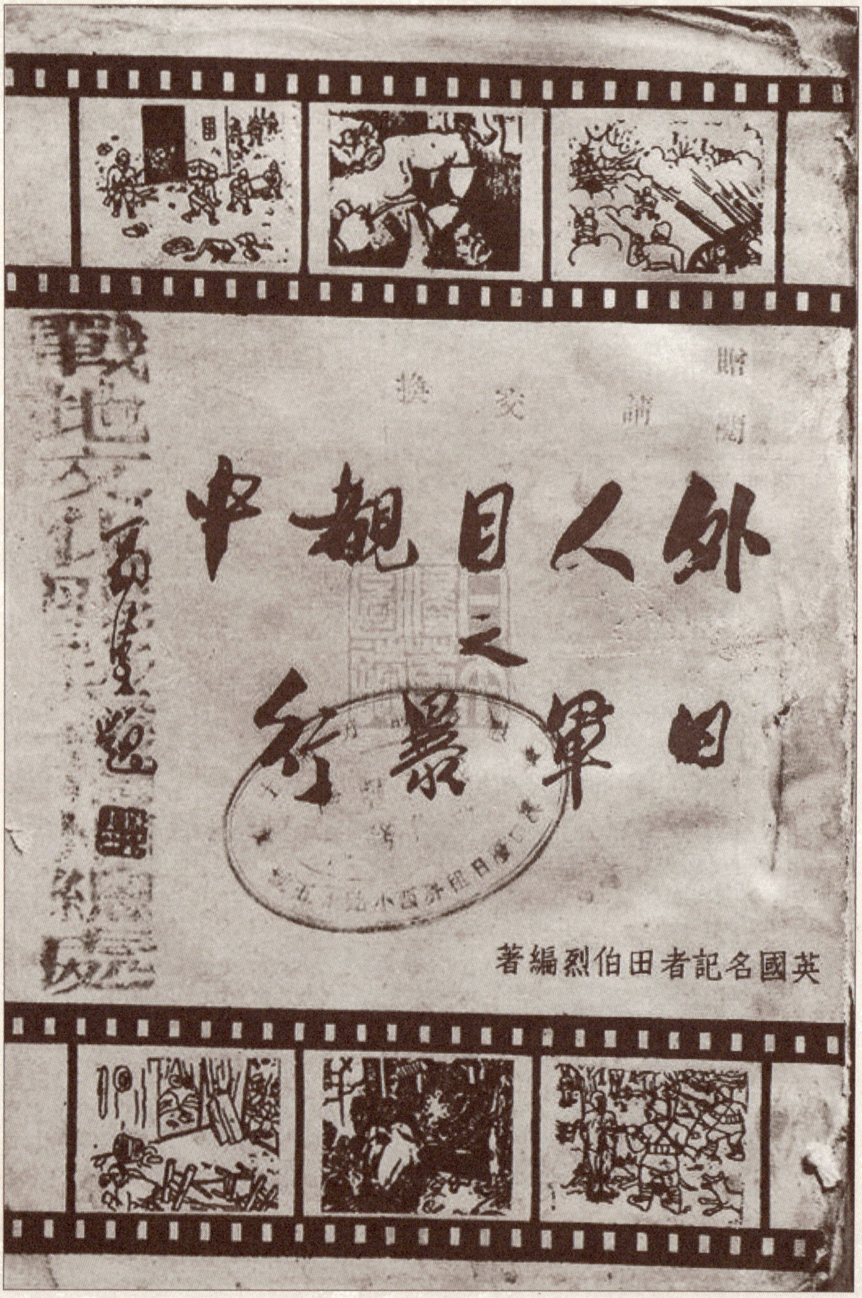

《外人目睹中之日军暴行》（英文原版名为《战争意味着什么：日军侵华暴行》）封面

至暗一页

——《外人目睹中之日军暴行》

一

当然是因为南京大屠杀档案

让我翻开了这本书

《外人目睹中之日军暴行》

那时

2022 年 12 月午后的阳光

自 1937 年 12 月南京城血与火交织的天空

直扑而下

掠过我冰凉的手指

1938 年 3 月

侵华日军的军刀

依然在南京

切割　闪着凛冽寒光

一位名叫哈罗德·约翰·田伯烈的记者

一位 1918 年就来到中国的外国友人

在南京沦陷后

搜集了大量反映日军南京大屠杀暴行的

书信、日记、报告等第一手材料
以及上海租界报刊的相关报道
完成了《战争意味着什么：日军侵华暴行》书稿
很难体会田伯烈当时的心情
你想想，一个人
连续数月从书信、报刊等各个渠道
了解到侵华日军南京大屠杀的残忍
目睹超出世人想象的
令人发指的暴行
“发觉事态之惨，殊出人意表”
我相信，在那个寒冬
他内心一定涌动着悲悯的火焰
他细长的手指
不时触摸破碎的肢体
他高挺的鼻梁
经常碰到死亡的鼻息
无法扼制的愤怒
裹挟着
“这些凭据大有公诸世界的必要”的使命
像暴风雨般
席卷而来
凝结成
那一段段震撼至今的文字
那一个个无可辩驳的铁证

二

“南京的活地狱”
这六个字
是田伯烈对当时南京城
最准确也是最痛心的描述

“十二月十日那一天，
南京依然美丽如昔，还是秩序井然。
今天，劫后的南京，
满目荒芜，一片焦土，
到处是破坏的痕迹。
南京陷入彻底的无政府状态，
足足有十天，宛如人间地狱。”

“日军把附近一个收容所中的难民一千三百人全数拖去，
我们知道他们中间有许多当过兵的人，
可是雷伯当天下午已得到日本军官的允准，
不再伤害他们的性命。
但现在他们的命运却是谁都能预料的了，
用绳子缚着，每一百人捆作一团，
戴帽子的，帽子都给他们抓下来，扔在地上，
押向刑场前进，可是绝无呜咽的声音。
我们目睹当时的情景，心里真痛楚极了。
那四个广东孩子从家乡跋涉而来，参加抗战，
直到昨天向我缴械，还露出很不愿意的神情，
他们也算在其内吗？

还有一个来自北方的高大健壮的下级军官，
他最后感到幻灭时所投射的目光，
至今还使我不安。
他也在其内吗？
我不应该说日本人可以保全他们的生命呵！
我们本来相信日军当局会履行诺言，会恢复秩序，
不料日军的野蛮残暴行为，
竟超出了现代文明人的想象之外。”

“恐怖的程度，实在不是笔墨所能形容。
日本假惺惺的长官们大言不惭地说，
他们对华作战的目标，
是为了打倒中国政府，拯救中国民众，
真不能不令人作三日呕呵！”

书中愤怒的陈述
字字带血的声讨
浇活了侵华日军
被岁月掩埋的罪证

三

“日本兵闯入珞珈路五号，
强奸四个女人，
抢去脚踏车一辆、被褥及其他物件。
我（田伯烈自称）和哈兹前往，
日本兵鼠窜而去。”

“日本兵抢去红卍字会施粥处的铁锅一只，
锅内的米粥泼地上……
日本兵闯入牯岭路二十一号难民区卫生视察主任的住宅，
抢去机器脚踏车几辆、垃圾桶一只和脚踏车五辆。”

劫掠　屠杀　奸淫
是侵华日军所到之处
最鲜明的特征
最丑恶的暴行

不要天真以为
呼啸而起的抵抗
是血腥屠城的肇始
事实上
日寇大规模屠杀的背后
是种族灭绝的既定方针
因此
就不难理解
这些野兽兵团
是何等的血腥和残暴
这些出自外国友人之手的文字
让我们看到了
触目惊心的
民族的伤疤

“昨日白天和夜间，

被强奸的妇女至少有一千人。
一个可怜的女人竟被强奸了三十七次，
一个兽兵在强奸时，
因为五个月的婴孩哭声不断，
便把他活活闷死，
反抗的惩罚就是刺刀。”

“十二月十九日，星期日。
完全陷入无政府状态。
日本兵放火，燃烧甚烈，
据说还有几处也要烧……
街道上尸体甚多，全是平民。
红卍字会想掩埋尸体，
苦无卡车和棺材，卡车给偷去了，
棺材被劈成片片，大放焰火，
红卍字会的掩埋工人也给赶走。”

“十二月二十日，星期一，
暴行继续不已。全城大火蔓延。
午后五时，我偕史密斯君乘车出外，
城内最重要的商业区太平路一带，烈焰冲天，
向南行，我们看见日本兵在店铺内放火，
更向南行，我们看见日本兵忙着把东西装入军用卡车。”

“……在上星期中，日军先把各商店各仓库的存货，
装满了一卡车一卡车搬运出去。
然后将房屋付之一炬。”

“农村师资训练学校收容所内的难民，
又有七十人被拖出枪毙。毫无纪律，
日本兵对于中国平民可以随手乱抓，
任何人的手上只要发现硬茧，
就可以指为当兵的证据，必死无疑。
黄包车夫、木匠和其他工人，常被捕去。”

“昨今两夜，
七个日本兵盘踞圣经师资训练学校，并强奸妇女。
贴近我们的办公处，
三个日本兵强奸一个十二岁的女孩，
一个十三岁的小姑娘也遭强奸。”

“中午，办公处来了一个人，
头部是烧焦了，眼睛和耳朵是割去了，
鼻子只剩下一半，惨不忍睹。
我送他到医院，几小时后，他死了。
事情的经过是这样的：
日军把几百个人缚在一起，
灌浇汽油，用火烧炙。他也是其中的一个，
但他缚在外挡，所以汽油仅掠过他的头部，
不久，医院里收到同样的病人，被炙的伤势更重。
自然，他也死了……
真是令人不能相信的兽行。”

“今天是一月十一日了……

从十二月十九日迄今，
日本兵几乎没有一天不放火。
前天，克鲁治君曾设法溜出东门，
回来告诉我们，
他所经过约二十里的区域内，
庐舍均已焚毁，阒无人迹，
连家畜也看不见。”

四

甜蜜的欺骗
是狡猾的日寇
惯用的伎俩
记忆的闸门打开
许多日本欺骗的案例
许多活生生的“前车”
一起奔涌而来
在我们善良的眼眸里
盘旋　跌宕

1894 年甲午战争
日军击沉英国运兵船“高升号”后
收买英国媒体　栽赃给中国政府
竟平息了英国的愤怒

日军在旅顺实施大屠杀
被美国记者报道后

拼命宣传中国军队如何“残暴”
又把西方舆论给骗了

1931 年 9 月 18 日夜
日本关东军按照精心策划的阴谋
由铁道“守备队”炸毁沈阳柳条湖附近
日本修筑的南满铁路路轨
并嫁祸于中国军队
日军以此为借口，炮轰中国东北军北大营
制造了震惊中外的“九一八”事变

1937 年 7 月 7 日夜 11 时许
驻丰台日军河边旅团第一联队第三大队第八中队
诡称演习时一士兵离队失踪
要求进城搜查
在遭到中国驻军严词拒绝后
日军迅即包围宛平县城
于 8 日晨 4 时 50 分
向宛平县城猛烈攻击
并强占宛平东北沙岗
打响了攻城第一枪
……

“卑鄙是卑鄙者的通行证”
谎话连篇　欺骗世界
似乎已融入日寇的 DNA
屡试不爽的兴奋

不时让他们咧出
罪恶的獠牙

南京大屠杀期间
阴险毒辣的欺骗
让爱好和平、和善守法的国人
屡遭劫难

“日本一向夸耀它是有秩序有组织的国家……
但在日军进城后的两天之内，
整个的希望是幻灭了，连续不断的屠杀，
大规模的经常的劫掠，侵扰私宅，侮辱妇女，
一切都失去了控制。”

“日本飞机曾散发传单，
宣称日军是中国人唯一的真朋友，
日军将保护善良的中国人。
于是日军随意奸淫、掳掠和杀戮，
以表示他们的诚意。”

“十二月的下旬，
日军当局宣示对于集中在金陵大学的难民三万余人，
要实行登记……
‘以前当过兵的或做过夫役的，都走到后面去。
你们如自动承认，可以保全生命，
可以获得工作。
否则一经发觉，将立遭枪决’……

结果有两三百人走了出来。
……其中有一部分人，确实从未当过兵。
……第二天早晨，
一个人受了五处刺刀的伤痕，到鼓楼医院求治。
据他报告，他在街上为日军所捕，
加入来自网球场的一队难民。
晚上，在城西某处，
一百三十个日本兵用刺刀屠杀同样的五百个俘虏，
多数是给戮死了。”

“最后我们不应该忘记，
在过去两星期内所发生的同样事情，
不知有多多少少，
本文所述不过是一小部分而已……
那些日本军官和士兵到底是怎样人呢？
谁无妻儿？
他们中间一定有许多人爱着自己的妻儿呵！”

五

1938年1月16日，田伯烈在一篇
发送给《曼彻斯特导报》的新闻稿中写道：
“前几天回到上海，
我调查了日军在南京及其他地方所犯暴行的报道。
据可靠的目击者直接计算及可信度极高的一些人的来函，
充分证明：日军的所作所为及其持续暴行的手段，
使我们联想到阿提拉（Attila）及其匈奴人。

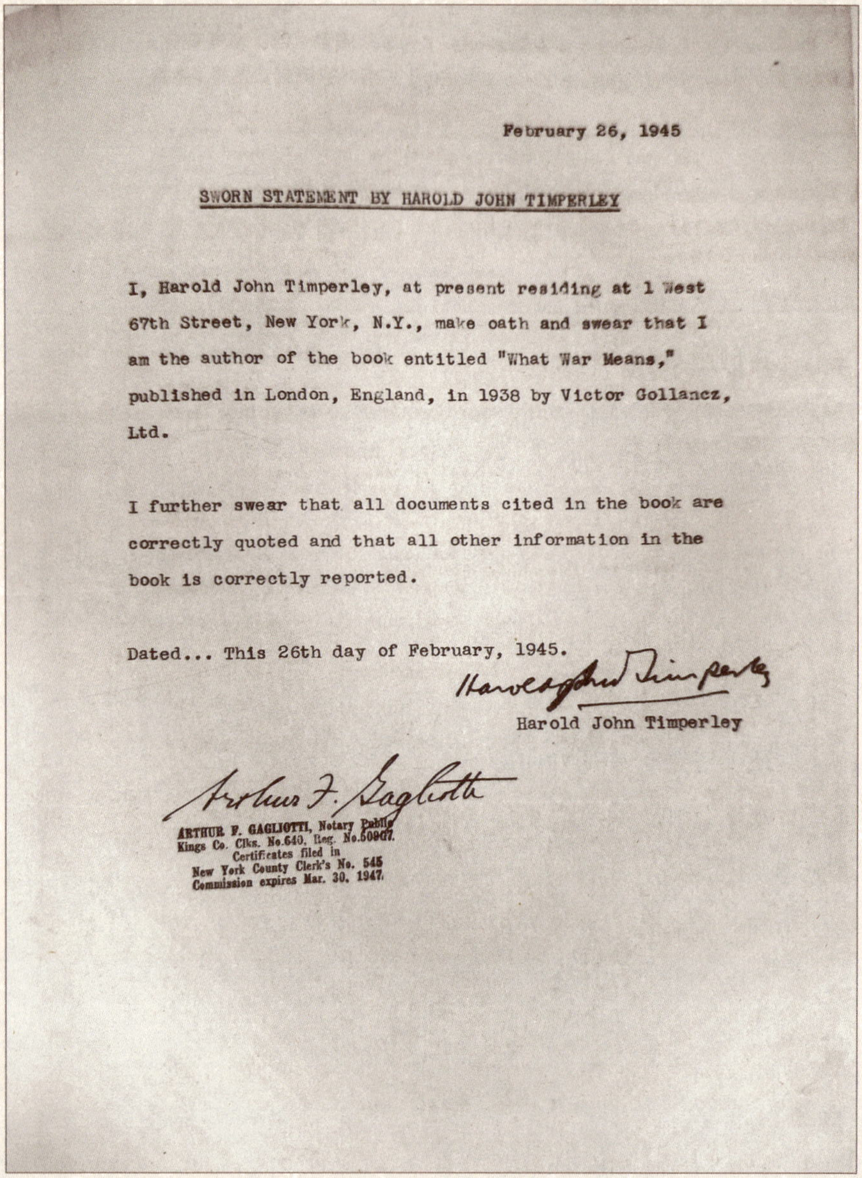

February 26, 1945

SWORN STATEMENT BY HAROLD JOHN TIMPERLEY

I, Harold John Timperley, at present residing at 1 West 67th Street, New York, N.Y., make oath and swear that I am the author of the book entitled "What War Means," published in London, England, in 1938 by Victor Gollancz, Ltd.

I further swear that all documents cited in the book are correctly quoted and that all other information in the book is correctly reported.

Dated... This 26th day of February, 1945.

Harold John Timperley

Harold John Timperley

Arthur F. Gagliotti

ARTHUR F. GAGLIOTTI, Notary Public
Kings Co. Clks. No.640, Reg. No.50967.
Certificates filed in
New York County Clerk's No. 545
Commission expires Mar. 30, 1947.

1945年2月26日田伯烈证词（中国第二历史档案馆藏）

不少于三十万的中国平民遭杀戮，
很多是极其残暴血腥的屠杀。
抢劫、强奸幼童及其他平民的残酷暴行，
在战事早已于数星期前即已停止的区域继续发生……”

1945年2月26日
田伯烈写下了如下证词：
“我进一步宣誓，
书中引用的所有文件都是正确的，
书中的所有其他信息都是正确报道的。”

心中燃起正义之火的田伯烈
“从最可靠的各方面获得许多确凿的凭据”
带着满腔的愤怒
用一串串英文字母
编织成证据的铁链
印在泛黄的纸张上
烙在永久的历史中
是对犯下滔天罪行的侵华日军
最犀利的揭露
是锁住日本军国主义“幽灵”
最有力的武器

注：田伯烈是世界上第一个向外界全面、系统、公开地揭露侵华日军南京大屠杀暴行的西方人。田伯烈（Harold John Timperley），是英国《曼彻斯特卫报》派赴中国的记者，也是一位对中国人民有着深厚感情的国际友人。南京沦陷后，他在南京安全区国际委员会成员贝德士（Miner Searle Bates），约翰·马吉（John G Magee）、费吴生（George A Fitch）等人帮助下，搜集了大量反映日军南京大屠杀暴行的书信、日记、报告等第一手材料，以及上海租界报刊的相关报道，“发觉事态之惨，殊出人意表”，感到“这些凭据大有公诸世界的必要”。他指出：“日军在南京的暴行，毫无疑义地是现代史上最黑暗的一页。”于是，在此基础上再广收材料，潜心编著，1938年3月完成书稿，定名What War Means:The Japanese Terror in China（《战争意味着什么：日军侵华暴行》），同年夏在伦敦出版。中文版定名为《外人目睹中之日军暴行》，全书共分九个章节：《南京的活地狱》《劫掠、屠杀、奸淫》《甜蜜的欺骗和血腥的行动》《恶魔重重》《华北之恐怖》《黑暗笼罩下之城市》《空袭与死亡》《恶魔的阴谋》《结论》。《外人目睹中之日军暴行》一书，不仅揭露了日军在南京及华北犯下的滔天罪行，大大激发了中国人民的抗日斗志，更使日军南京大屠杀事实真相广为世人所知。2015年，《外人目睹中之日军暴行》被评定为抗战类国家一级文物。

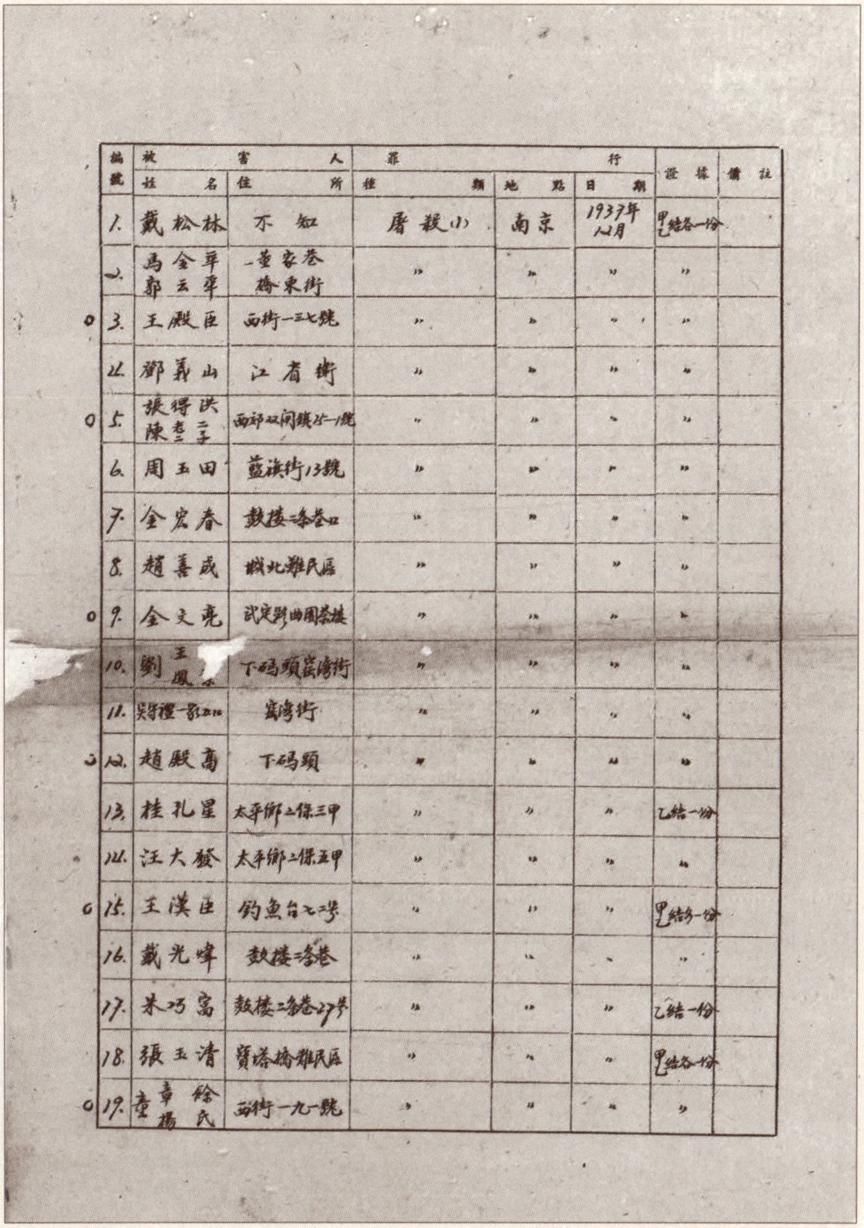

編號	被害人 姓名	住所	罪行 種類	地點	日期	證據	備註
1.	戴松林	不知	屠殺(小)	南京	1937年12月	甲乙結各一份	
2.	馬全華 郭云華	一董家巷 橋東街	〃	〃	〃	〃	
3.	王殿臣	西街一三七號	〃	〃	〃	〃	
4.	鄧義山	江甯街	〃	〃	〃	〃	
5.	張得洪 陳老二子	西郊双閘鎮廿一號	〃	〃	〃	〃	
6.	周玉田	藍旗街13號	〃	〃	〃	〃	
7.	金宏春	鼓樓二條巷口	〃	〃	〃	〃	
8.	趙善成	城北難民區	〃	〃	〃	〃	
9.	金文亮	武定野曲園茶樓	〃	〃	〃	〃	
10.	劉王鳳[illegible]	下碼頭窯灣街	〃	〃	〃	〃	
11.	吳得禮一家五口	窯灣街	〃	〃	〃	〃	
12.	趙殿高	下碼頭	〃	〃	〃	〃	
13.	桂孔星	太平鄉二保三甲	〃	〃	〃	乙結一份	
14.	汪大發	太平鄉二保五甲	〃	〃	〃	〃	
15.	王漢臣	釣魚台七二號	〃	〃	〃	甲乙結各一份	
16.	戴光峰	鼓樓二條巷	〃	〃	〃	〃	
17.	朱巧富	鼓樓二條巷27號	〃	〃	〃	乙結一份	
18.	張玉清	寶塔橋難民區	〃	〃	〃	甲乙結各一份	
19.	章徐氏 章楊氏	西街一九一號	〃	〃	〃	〃	

南京大屠杀日军暴行调查汇总表（中国第二历史档案馆藏）

屠城血证

——《南京大屠杀日军暴行调查汇总表》

泛黄的表格
沉淀着八十多年的记忆
熟悉的地名
勾勒着古城千年的繁庶
黑色的名字
浓缩着一个时代的悲怆

945 个案例
不过是
侵华日军南京大屠杀暴行的
冰山一角
沧海一粟
被屠杀虐杀的 1000 多同胞
不过是 30 万被屠杀的同胞中的
三百分之一

即便如此
这些登记在册的遇害者
这些自从被记载进这本

《南京大屠杀日军暴行调查汇总表》（以下简称《调查》）中
就鲜有人问津的一个个名字
依然能让我们强烈感受到
一个名字就是一个遇害者
就是一个也曾有过无数梦想和
幸福追求的同胞
如果不是 1937 年 12 月国家的羸弱
如果不是 1937 年 12 月国军的溃败
如果不是 1937 年 12 月日军的残暴
他们和她们
定然会恬淡快乐地
目睹世界之巨变
感受生命之多彩
而不会
早早就枯萎在
泛黄的《调查》中
早早就湮没在
历史的纸牍里

当国家无力保护自己的人民
痛苦的死或者
屈辱的生
是那个血红的冬季
南京人民
无可逃避的
命运
无数个温暖的家

在瞬间破碎

但比较那许许多多
同样遭受虐杀却没留下姓名的同胞
他们又是“幸运”的
这本《调查》中
不仅记载了他们的名字
记载了他们被杀的原因
还记载了他们的住地
和遇害的地点

这些地名啊
这些至今还依然遍布南京的
耳熟能详的地名
让我们轻易就拂去了
历史的烟尘
1937 和 2023
瞬间链接
那些经常路过或
偶然路过或
曾经居住或
正在居住的
地方
在 78 年前的这卷档案中
一一呈现——
“鼓楼三条巷口 金宏春
后宰门　张林世

沈举人巷 32 号　陈坤源

湖北路 6 号　范雨春

大方巷广东新村　单耀亭

丹凤街 74 号　李光淼

水西门外　余元山

许家桥 138 号　陈学东

石鼓路 118 号　陈大

长乐路 44 号　陈金贵

府西街 27 号　王克村

三牌楼将军庙 12 号　张万义

汉口路门鸡闸难民区　方施氏

五台山小学南　严必富

山西路难民区　张家志等人

莫干路 3 号　曾耀宗

上海路美国大使馆　许松云

中山北路 47 号　何义方

大光路 31 号　郎如兴

赛虹桥　黄嘉宝

长乐路 9 号　吴筱卿

朝天宫西街 38 号　刘锡进

乌衣巷 43 号　周长松

武定门正觉寺　戴金生

钞库街 60 号　沈裕森

傅佑路 1—1　陈有鑫

浦口小河西大坝头　张如金

明瓦廊 5 号　谢德源

标营 13 号　刘亭琴

雨花路 80 号　杨华氏母子三人
中华路 496 号　王家才　王祥和
白下路基督堂　陈荣禄
迈皋桥 35 号　王德炎
安怀村 31 号　姚广仁　姚广南
中山码头　王应奎
宝塔桥难民区　张玉清
……”

这些熟悉地点中的
不幸的人们
用他们短暂一生
留下的历史注脚
在无声地泣诉
86 年前的南京
枪林弹雨
伤痕累累
创痛遍布
血色弥漫
在不断地提醒和警示着
沐浴暖阳的人们
别忘羸弱孱弱
勿忘国耻国难
发力发奋图强
珍爱珍视和平

注：国民政府首都地方法院检察处主持调查并向国防部审判战犯军事法庭报送的945件《南京大屠杀日军暴行调查汇总表》，具体内容包括被害人姓名、住所、日军罪行种类、地点、日期及相关证据等。

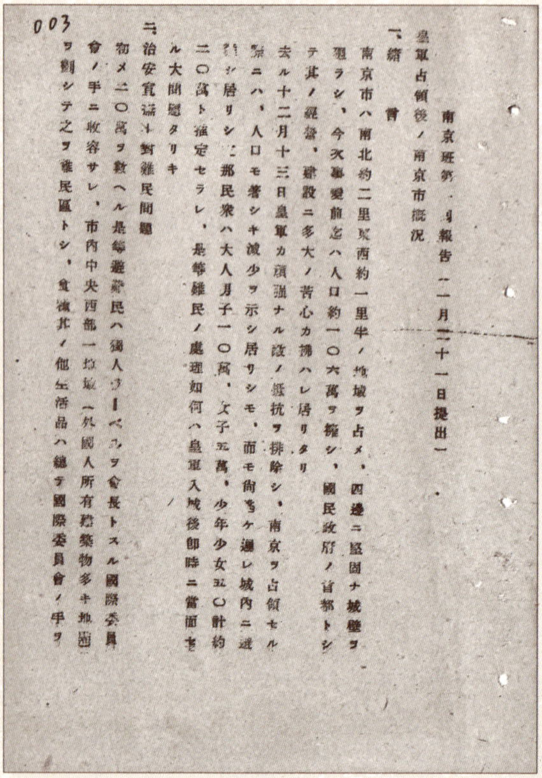

003

南京班第一号報告（一月二十一日提出）

皇軍占領後ノ南京市概況

一、緒言

南京市ハ南北約二里東西約一里半ノ地域ヲ占メ、四邊ニ堅固ナ城壁ヲ廻ラシ、今次事變前迄ハ人口約一〇六萬ヲ擁シ、國民政府ノ首都トシテ其ノ經營、建設ニ多大ノ苦心カ拂ハレ居リタリ

去ル十二月十三日皇軍カ頑強ナル敵ノ抵抗ヲ排除シ、南京ヲ占領セル際ニハ、人口モ著シキ減少ヲ示シ居リシモ、而モ尚ホ避ケ遁レ城内ニ逃ケ居リシ支那民衆ハ大人男子一〇萬、女子五萬、少年少女五〇計約二〇萬ト推定セラレ、是等難民ノ處理如何ハ皇軍入城後即時ニ當面セル大問題タリキ

二、治安維持ト對難民問題

初メ二〇萬ヲ數ヘル是等避難民ハ獨人ラーベヲ會長トスル國際委員會ノ手ニ收容サレ、市内中央西部一地域（外國人所有建築物多キ地區）ヲ劃シテ之ヲ難民區トシ、食糧其ノ他生活品ハ總テ國際委員會ノ手ヲ

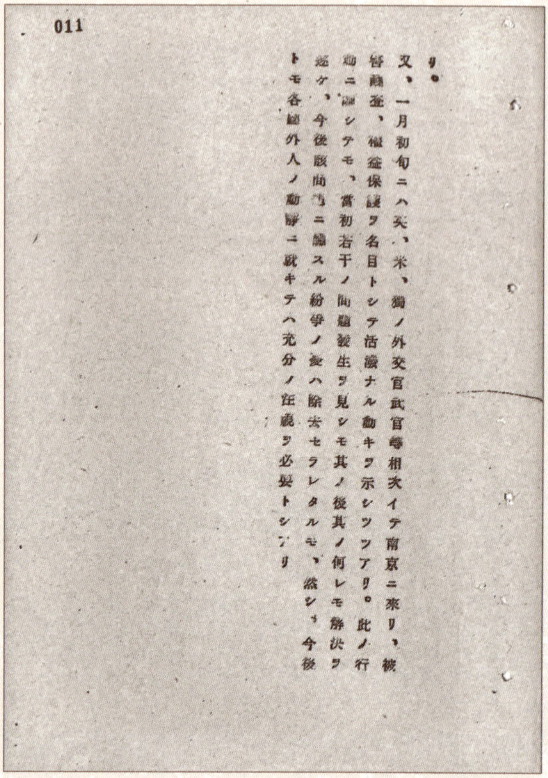

011

リ。

又、一月初旬ニハ英、米、獨ノ外交官武官等相次イテ南京ニ來リ、被害調査、權益保護ヲ名目トシテ活潑ナル動キヲ示シツツアリ。此ノ行動ニ關シテモ、當初若干ノ問題發生ヲ見シモ其ノ後其ノ何レモ解決ヲ遂ケ、今後該問題ニ關スル紛爭ノ發ハ除去セラレタルモ、然シ乍ラ今後トモ各國外人ノ動靜ニ就キテハ充分ノ注意ヲ必要トシアリ

日本满铁南京特务班1938年1月21日的第一份报告书（辽宁省档案馆藏）

浩劫
——日本满铁南京特务班的报告书

穿着棕黄或红褐色牛皮靴的军人
穿着分趾袜和木屐的僧侣
穿着锃亮黑皮鞋的教授、商贾
或特务……
一批又一批
揣着不同任务的日本人
就像饿狼看到了肥美的腐肉
就像鲨鱼闻到了弥漫的血腥
就像秃鹫嗅到了死亡的气息
裹挟着血雨腥风
疯狂踏入
残瓦颓垣　尸横遍野
火光冲天　臭味刺鼻
已成人间炼狱的南京城

当然是为了持续的杀戮
　“膺惩”是他们无差别屠杀的代名词
当然是为了让他们眼红的财产
　洗劫是对这些兽兵最文明的语言　因为

无论是商店的金银珠宝或者锅碗瓢盆
　抑或难民的棉衣棉被和衣服上的铜纽扣
　甚至遇难者嘴里的金牙
　都逃不过他们闪着绿光的黑眸
　躲不掉他们因兴奋而战栗的黑手
　就像那幅广为人知的图片
　1937 年 12 月 15 日
侵华日军在南京市中山路
用卡车、骡马车、自行车
甚至是婴儿车
以及肩扛手提洗劫抢夺来的
一包包财物
抓着还在惊恐鸣叫的鸡鸭
兴高采烈的脸
映衬着南京黑烟滚滚的街道
丑陋得令善良的人们
不忍目睹

当然，他们还为了这里令人垂涎的文物文献
　以及各种资源
　专家、教授、学者
　和所谓的高僧
　拿着早就拟定的各类珍宝名册
　按图索骥
　一本本　一件件
将中华的五千年文明
中国的文化瑰宝

打包塞进
还印有血迹的火车
遥远的日本列岛
极具讽刺地
变得“厚重”和“文明”

当然，他们更为了占领
南京沦陷后
满铁上海事务所立即派人
与侵占南京的日军
一起组成“南京特务机关”
协助侵华日军对战后的南京进行“管理”
一个叫法西斯的恶魔
贪婪的眼睛
时刻注视着奄奄一息的南京城
各类情报
源源不断穿越硝烟
织成一个密不透风的网
窒息的压迫
南京的惨象
被鬼子的双手
敲出的电文
直达上海、大连、东京
因为真实
因为全面
极秘　极秘

也许是投降来得突然
也许是焚烧不够彻底
也许是历史的偶然或是必然
今天
我们居然能看到这三份
日本特务
在沦陷中的南京
描述沦陷中的南京
从这些零散的电报信息
和平常的文字中
我们触摸到的
是南京最深的痛
是浸润鲜血、泪水和屈辱的
300000！

让我们粗略地看看他们的叙述吧——
1938 年 1 月 21 日
日本满铁南京特务班第一份报告书
“截止到这次事变前，
约有人口 106 万”
“南京整个被皇军包围，
完全没有逃跑余地”
“1 月元旦成立了以陶锡三为委员长的
南京自治委员会，
该会于 1 月 5 日从国际委员会手中
接收了 20 万难民”

1938年2月底

日本满铁南京特务班第二份报告书

“红卍字会的尸体埋葬队（队员约600名），

1月上旬以来，

在特务机关指挥下连日涉足城内外掩埋死尸，

截止二月末已埋葬的尸体约5000具，

成绩昭著”

“去年12月22日至本年1月5日间，

协助中岛兵团进行盘查活动，

清除了大约为4000名的残败兵和抗日分子。

1月6日至2月25日间，

特务机关得到天谷警备队的协助，

又在城内外继续进行盘查，

清出约500名”

1938年3月底

日本满铁南京特务班第三份报告书

“红卍字会自进行尸体收容工作以来，

已默默工作了三个月，

其工作成果值得称赞。

目前已用完全部资金，

工作开始陷入困境。

在城外各地还散搁着一些尸体，

经过积极工作，取得显著成果。

至3月15日止，

已把城内1793具、城外29998具，

共计31791具尸体

收容在城外下关地区和上新河地区的指定地点”
“每天需要卡车 5—6 辆，
民工 200—300 名”

点滴的记载
当然是为了表现侵华日军和特务班的“工作成绩”
让我们窥见
南京大屠杀的概貌
足以证明
侵略者的滔天罪行

注：“满铁”为南满洲铁道株式会社的简称，1906 年成立，1907 年 4 月正式开业，总社设于中国大连，分社设日本东京，是日俄战争后日本设在中国东北的“国策会社”，主要从事铁路、煤矿及调查情报工作，与日本关东军、关东州总督府组成了日本在中国东北的“三巨头”，积极谋划对中国的侵略，并利用经营铁路、煤矿等掠夺中国资源，积累资金，支持日本帝国主义发动侵华战争。1937 年 12 月 13 日，日军占领南京后，满铁上海事务所立即派人到南京，与侵占南京的日军一起组成“南京特务机关”（也叫南京特务班），协助日军对战后的南京进行“管理”。辽宁省档案馆现藏有当时南京特务班人员在参与南京大屠杀及善后处理的过程中，写给驻大连的满铁总社和有关部门的报告，共三份，都盖有“极密”戳记。

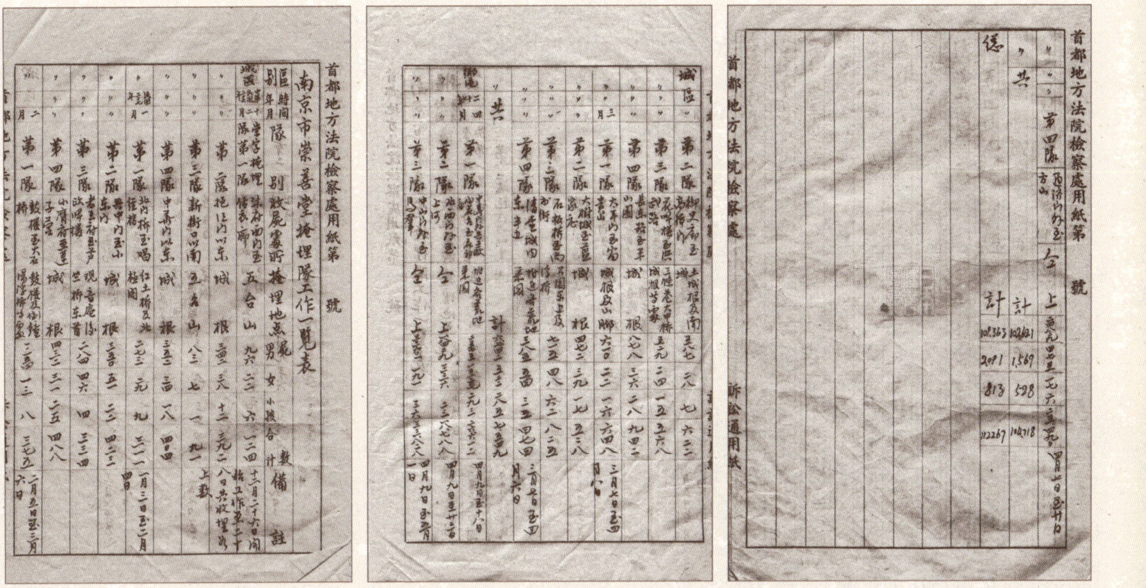

首都地方法院檢察處用紙第　號

南京市崇善堂掩埋隊工作一覽表

南京市崇善堂掩埋队工作一览表（南京市档案馆藏）

金陵殇

——《遇难者遗体掩埋记录》

这要从 1938 年开年说起，因为
经过半个多月的疯狂杀戮
南京　这座昔日的繁华首都
被一柄叫作日本法西斯的屠刀
切割得体无完肤　支离破碎
明城墙的雄伟
玄武湖的典雅
秦淮河的桨声灯影
鸡鸣寺的暮鼓晨钟
都被这把屠刀
割韭菜般
齐刷刷割去

大街小巷　城内城外
横七竖八陈列着
许许多多
甚至分不出性别的遇难者遗体
原本一个个鲜活的
勤劳善良的父亲母亲

男人女人　兄弟姐妹
此时淤积在所有的低洼处
成为阻滞水流流动的
一堆堆肉堤
抛尸入江　焚尸灭迹
对死亡已习以为常
甚至研究了无数种杀人方法
用于取乐的日本兵
也惧怕接近

中国红十字会南京分会
南京市崇善堂　回民掩埋队等
慈善团体　还有一些自发的市民
开始承担遇难同胞尸体掩埋工作

民众遇害的种种情形
是对残暴、对冷血、对惨不忍睹
最直观的诠释——
有的背后中枪倒地而死
有的被刀戳后侧身倒地流血而死
有的被殴打口鼻流血、面青腿折而死
有的妇女被日军强暴蓬头露体、割乳刺胸而死
有的妇女因抗拒强暴昂头怒目、张口露齿
　手足撑持、衣服破碎而死
……

目睹地狱般的惨象

他们

这些掩埋队员

身体每个器官都有沸腾的热血

连头发都加入了最毒辣的咒骂

掩埋的过程

没有悼词　没有灵堂

悲痛已凝为冰霜

呼啸的北风

是哀悼的乐章

他们

这些掩埋队员

从 1937 年 12 月至次年 4 月初

用几乎冻僵的双手

抬尸　挖坑　掩埋

安葬了一具又一具

一批又一批

遇难同胞的遗体

并在极其险恶艰难的情况下

留下了掩埋死难同胞的各种真实记录

“每月都填有按日统计表，

……均成于当时，

其月报表均为当月最后一日填报，非事后追记。

各表统计精确，一丝不苟，

甚至连马、狗等畜类尸体都附带统计。”

风是人们的祈祷
雨是人们的泪目
白雪洒下耻辱的轮廓
哀思嵌入无字的墓碑
30万——
用一具具遇难同胞遗体垒砌起的数字
是逶迤的城墙
是庄严的祭坛
是永世的警钟
……

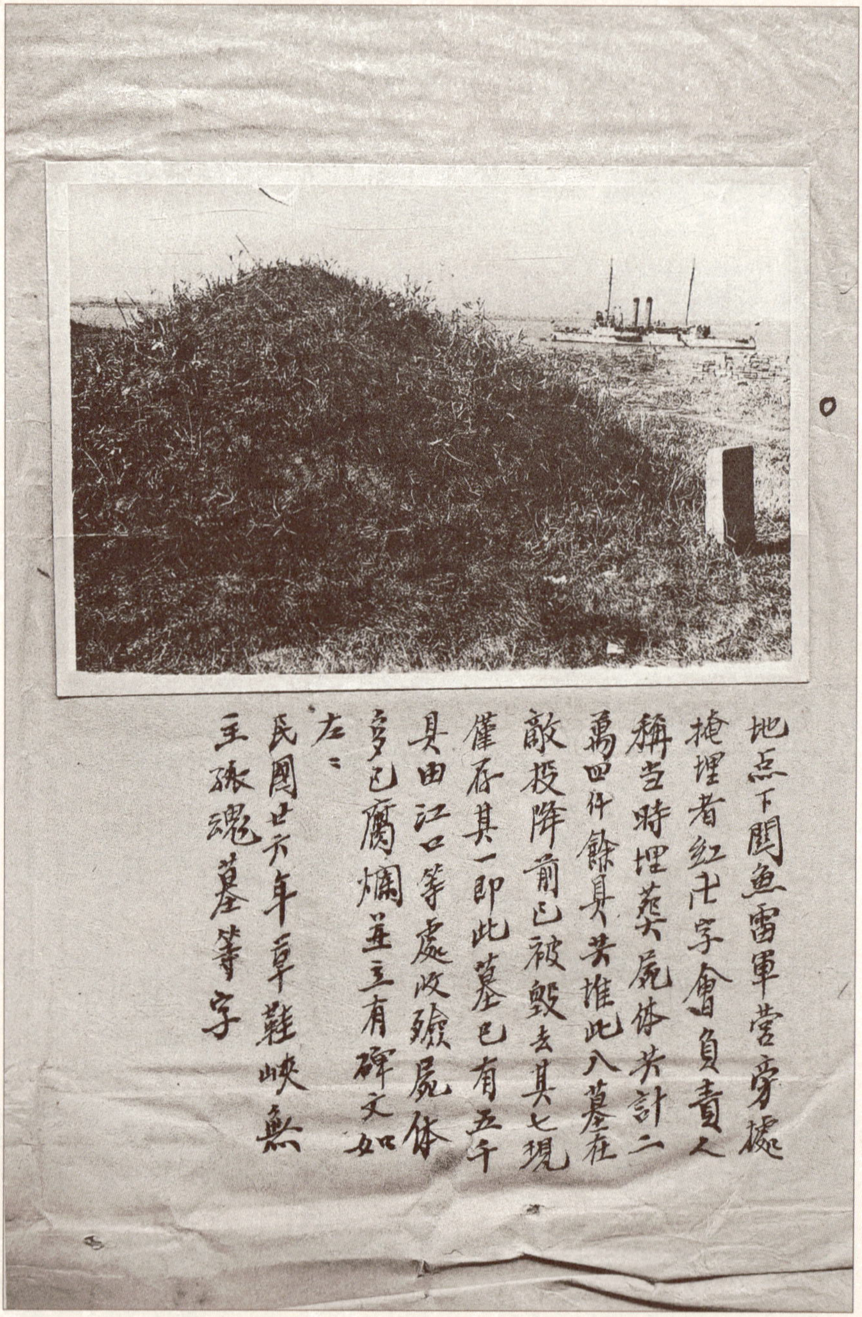

地点下關魚雷軍營旁處
掩埋者紅卍字會負責人
稱当時埋葬屍体共計二
萬四仟餘具并推此八墓在
敵投降前已被毀去其七現
僅存其一即此墓已有五千
具由江口等處收殮屍体
多已腐爛并立有碑文如
左：
民國廿六年草鞋峽無
主孤魂墓等字

下关鱼雷军营旁丛葬地照片（南京市档案馆藏）

二十一帧丛葬地

——《日军南京大屠杀被害者丛葬地摄影册》

我知道
我的祭奠软弱无力
我的眸子
盈满了历史的烟尘
我的喉咙
因疲惫而沙哑
干燥的土地
1946年1月南京干燥的土地
一大片一大片
支棱着少许荒草枯枝的干燥的土地
从这本《日军南京大屠杀被害者丛葬地摄影册》中
铺面压来
21帧黑白照片
一个又一个
掩埋着成千上万
南京大屠杀遇难同胞的丛葬地
就这样
留下了印记
走进了历史

“地点：中华门外兵工厂雨花台至花神庙，
掩埋尸体二万六千六百十二具，
计摄四图，
掩埋者崇善堂。”

“地点：下关鱼雷军营旁处，
掩埋者红卍字会负责人称：
当时埋葬尸体共计二万四千余具，
共堆此八墓在敌投降前已被毁去，
其七现仅存其一，
即此墓已有五千具，
由江口等处收殓，
尸体多已腐烂。”

“地点：汉中门外二道埂子，
当时埋葬尸体共计乙（一）千乙（一）百廿三具，
由该处河边收殓，
掩埋者世界红卍字会。”

“地点：中华门外普德寺旁，
当时埋葬尸体共六千四百六十八具，
计三大长堆，每堆深达一丈五尺余，
由城内各处收殓，
掩埋者崇善堂。”

“地点：阴阳营南秀村，

地點中華门外普德寺旁當時埋葬屍体共六千四百六十八具計三大長堆每堆深達一丈五尺餘由城內各處收殓

掩埋者 崇善堂

中华门外普德寺旁丛葬地照片（南京市档案馆藏）

当时由城北各处收殓，
尸体共计六百七十二具，
掩埋者世界红卍字会。”
……

1946年1月
首都地方法院首席检察官陈光虞
对这本照片集做了说明——
此帧照片系经本人派书记官陈光敬、李于门会同
当日掩埋遇难者遗体之
崇善堂代表周一渔、红卍字会代表程哲人
与地方知情人士及
中央日报社摄影记者李尊庸等所摄制。
共计照片二十一帧，所葬尸体四万六千九百一十五具，
其他路程遥远、地面辽阔的埋葬地，
如通济门外至方山、中山门外至马群、
西门外至上新河一带，
共掩埋尸体七万八千一百零六具，
因人力物力的限制，未能前往拍摄。
此外，尚有众多尸体早被日军毁灭，
无从摄制。

这些照片中的垄垄坟丘
一处处荒草萋萋的丛葬地
掩埋了1937年12月至1938年1月
南京6周的惨痛印痕
但无法湮没

圖一
地点中華门外
兵工廠雨花台
至花神廟掩
埋屍体二萬六
千六百十弍具
計攝四圖

中华门外兵工厂雨花台至花神庙丛葬地照片（南京市档案馆藏）

罪证
泣血的罪证 包括
化为尘土的无声的罪证
都是对施暴者
最有力的声讨
最庄严的审判

注：抗日战争胜利后，国民政府首都地方法院检查处对日军南京大屠杀罪行做了大量调查，1946 年 1 月，摄制了《日军南京大屠杀被害者丛葬地摄影册》。这本照片册，现藏于南京市档案馆。

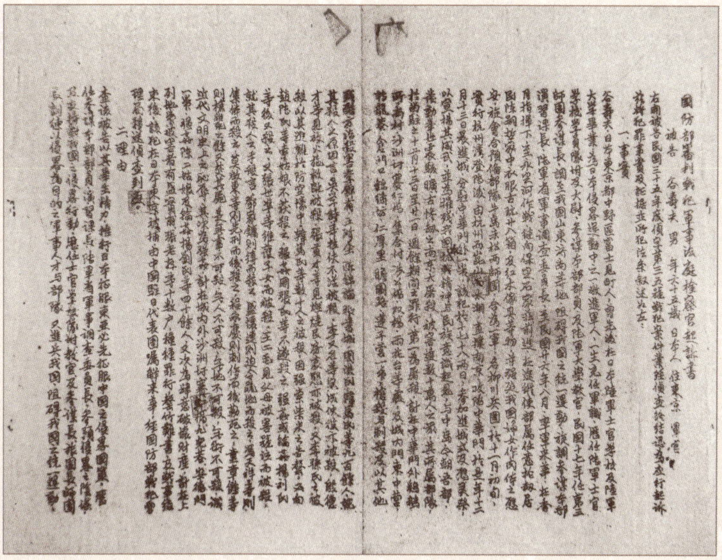

國防部審判戰犯軍事法庭檢察官起訴書

被告 谷壽夫 男 年六十五歲 日本人

一、事實

《谷寿夫案起诉书》《战犯谷寿夫判决书正本》（中国第二历史档案馆藏）

正义审判

——《战犯谷寿夫判决书正本》

一

1947 年 2 月 6 日
南京市黄埔路励志社大礼堂
1937 年 12 月升腾在
南京上空的乌云
沉沉地压在
中国的胸口
漫天的飞雪
重重地覆盖在
这座传统大屋顶宫殿式建筑上
礼堂大厅的上方
悬挂“公审南京大屠杀主犯谷寿夫”12 个大字
门厅两侧的柱子上
贴着岳飞《满江红》的名句改编的对联
“壮志饥餐胡虏肉，
笑谈渴饮倭寇血”

公审战犯的钟声敲响

控诉的巨浪

声讨的风暴

举证的伤恸

愤怒的火焰

上千名南京市民

为 30 万遇难同胞讨回公道的呐喊

在南京城久久回荡

庭审席上

侵华日军乙级战犯、南京大屠杀主犯之一谷寿夫

紧张地盯着面前的南京地图

不停地擦着脸上的汗珠

1937 年 12 月 13 日

时任侵华日军第 6 师团中将师团长的他

第一次进入中国南京

他没想到

9 年后

他会再次进入南京城

接受中国人民的正义审判

二

恶人不可貌相

体型矮胖结实 头皮光秃

留着一字胡

左脸上有一蜜豆大小黑疤

已 60 多岁的谷寿夫

如果不是眼中

时常闪现的狡黠和

毕恭毕敬中透出的傲慢

呆呆表情中呈狰狞之状

他看起来

更像是一位平凡的老农

确实是农民出身

1882 年 12 月

他出生于日本九州福冈县

虽是农民

谷寿夫血液里却流淌着

暴虐、残忍和狡黠的基因

明代的日本倭寇

绝大多数来自日本九州

又以萨摩（今日本鹿儿岛县）、肥后（今日本熊本县）、

平户（今日本长崎县）地区居多

连日本史学家也认为

这三个地方是倭寇的发源地

由九州籍士兵组成的侵华日军第 6 师团

秉承了祖辈的传统

以战斗作风强悍、军纪败坏著称

身为高级将领的谷寿夫

虽然先后毕业于日本陆军士官学校和日本陆军大学

赴英国留学 3 年

出任过日本驻印度武官

受过高等教育

一直在军界担任要职

但他却以嗜血而著名
在其所著的《陆战术》中
毫不掩饰地宣称——
“在战胜之后的追击战时，
杀戮、掠夺、强奸为士气旺盛之所寄。”
当年中国的首都南京
就成了他
实践这一战术理论的“试验场”

三

1555 年　明嘉靖三十四年夏
来自日本九州的 53 个倭寇
流劫浙江、安徽、江苏三省
《明史·日本传》记载——
“突犯会稽县，流劫杭州，突徽州歙县，
至绩溪、旌德，
屠掠过泾县，趋南陵，至芜湖。
烧南岸，趋太平府，
犯江宁镇，直趋南京。”
这一小群倭寇长驱直入
暴走数千里
攻掠州县二十余处
杀死杀伤四五千官兵
悍然进犯留都南京
好似一柄锋利的尖锥
刺进了明王朝这头臃肿、懒散巨象的中枢神经

382年后的1937年12月
谷寿夫率领的第6（熊本）师团
又像一把尖锐的刺刀
杀向了民国首都南京
12月5日先头部队抵达南京外围
12月10日进至中华门、雨花台
12月12日步兵第47联队第3中队一部
夺取了南京中华门附近的一段城墙
成为攻破南京“首功”部队
12月13日攻陷南京
参与制造了震惊中外的南京大屠杀

四

在进占南京的10天内
谷寿夫师团在中华门、城西长江畔
至下关一线屠杀最为残酷
成为名副其实的“兽夫”部队
无辜的生命在他们手中消逝
恐怖的记忆被时光铭刻
判决书中的记载
字字血泪——
“查屠杀最惨厉之时期，
厥为二十六年十二月十二日至同月二十一日，
亦即在谷寿夫部队驻京之期间内。
计于中华门外花神庙、宝塔桥、石观音、下关草鞋峡等处，

我被俘军民遭日军用机枪集体射杀并焚尸灭迹者，
有单耀亭等十九万余人。
此外零星屠杀，
其尸体经慈善机关收埋者十五万余具。
被害总数达三十万人以上。
尸横遍地，惨绝人寰。
其残酷之情状，尤非笔楮所能形容。”

“日军陷城后，更四出强奸，一逞淫欲。
据外侨所组国际委员会统计，
在二十六年十二月十六、十七两日，
我妇女遭日军蹂躏者，已越千人，
且方式之离奇惨虐，实史乘所未前闻。
如十二月十三日，民妇陶汤氏，
在中华门东仁厚里五号，
被日军轮奸后，剖腹焚尸……
同月十三日至十七日间，
日军在中华门外，于轮奸少女后，
复迫令过路僧侣续与行奸，
僧拒不从，竟被处宫刑致死。”

“陷城之初，沿中华门迄下关江边，
遍处大火，烈焰烛天，半城几成灰烬。
我公私财产之损失殆不可以数字计。”

“日军更贪婪成性，

举凡粮食、牲畜、器皿、古玩，莫不劫取。
如在石坝街五十号，
抢掠国医石筱轩名贵书籍四大箱，
字画古玩二千余件，
木器四百件，
衣服三十余箱。
又在集庆路、任管巷等处，
掠劫民间牲畜、粮食、钱财不可胜计。”
……

短短一周多时间
谷寿夫和他的师团
就像打开了潘多拉魔盒
不受管束的恶欲
全部释放
像疯癫的破坏狂
随心所欲 为所欲为
挥舞着贪婪凶残的军刀
切割着南京丰满的胸膛
给人类
留下一段伤痕累累的黑暗

五

正义虽会迟到
但绝不会缺席
罪恶滔天的战犯

迎来正义的审判

1946年8月
谷寿夫被列为乙级战犯嫌疑人
引渡到中国受审
离开日本登机那一刻
也许已预感难逃法网
他竟然哭着向妻子近藤清子高喊
“清子，清子，
来世见，来世见！”
全然没有通常武士道“皇军”将官的风度
全然没有被日本天皇亲授金鵄军功奖章
并加授大勋位菊花大绶章
身披“英雄”光环
在高约150厘米、宽50厘米的宣纸上
挥笔题写六个繁体行草大字
“勇跃破南京城”时的
“气势”和“风范”

六

恶魔不会轻易坐以待毙
厚颜无耻的狡辩
胡搅蛮缠的抵赖
拒不认罪的骄横
必是惯用伎俩——
“当日军攻克上海，

南京处于战争状态之时，
你们中国政府为什么不早做撤退准备，
在双方交战，炮火纷飞的情况下，
有些非战斗人员不幸为流弹所中，
这也是战争中不可避免的现象，
本人对此感到抱歉。”

“你们在堂堂国际法庭上，
不要带上民族感情来对我审讯，
这是不符合法律原则的，是不公道的。”

“军人以服从为天职，
我是奉命来华作战，
执行任务的，
战争责任不在我谷寿夫身上。”

1947 年 1 月 15 日
谷寿夫向法庭提交了申辩书
否认自己部队有任何暴行的存在
对于起诉书中提到的暴行
他表示：“既不曾看见或听说过，
也不曾默许或默认过，
更不曾下过相关命令或接到过相关报告。
此外，对于上述两项指控，
也不曾接到过居民等的申诉或控告。”
并且指出第 6 师团行为严正，
绝无违纪之行为存在。

然而
当法警
拿来两个麻袋
从中取出雨花台“万人坑”里掘出的
一具具骷髅
摆放在离谷寿夫三步远的桌子上
当法庭
拿出京字第一号证据
把 16 张日本军官拍摄的屠杀照片
一一呈现
当法庭传唤
红十字会南京分会会长许传音
受害者陆李秀英
见证人鼓楼医院的程洁
幸存者赵永顺等人
以及外籍见证者史密斯、贝德士等
一一作证后
……
近 5000 件的证据
500 余位证人
公审出庭证人 80 余人
构成了义正词严、罪证确凿的
厚厚的起诉书和判决书
在这些如山铁证面前
谷寿夫不得不俯首认罪

1947 年 3 月 10 日
法庭最后宣判——
“按被告与各会攻将领，
率部陷我首都后，
共同纵兵肆虐，
遭戮者达数十万众，
更以剖腹、枭首、轮奸、活焚之残酷行为
加诸徒手民众与无辜妇孺，
穷凶极恶、无与伦比，
不仅为人类文明之重大污点，
即揆其心术之险恶、手段之毒辣、
贻害之惨烈，亦属无可矜全，
应予科处极刑，以昭炯戒。”
判决书附件详列了
甲类集体屠杀案 28 件，
乙类零星屠杀案 858 件，
丙类强奸案 25 件，
丁类房屋、财物被纵火焚毁案 90 件，
戊类抢劫案 9 件。
共同构成了
经得起任何时候检验的
铁案

七

1947 年 4 月 26 日上午
谷寿夫被宪兵押赴刑场

九万多南京市民来到刑场
雨花台一带人山人海。
65 岁的谷寿夫身着军便装、戴灰色礼帽
这位曾经骄横跋扈、不可一世的屠夫
下车后两腿发软无法站立
只得由两名宪兵架着

行刑枪手手执驳壳枪
在谷寿夫背后约一米距离
对准其后脑勺
“砰”地开了一枪
子弹从头顶斜入
由口中飞出
打飞了谷寿夫两颗门牙
谷寿夫当场毙命
九载血债就在这一天终于获得偿还
30 万无辜殒命的同胞的魂灵
也得到一丝告慰

注：1946 年 12 月底，南京审判战犯军事法庭依法对谷寿夫提起诉讼。起诉书指出，谷寿夫率日军第六师团攻陷南京后，“为摧残我国抵抗精神与民族意识起见，与中岛今朝吾部，发动举世震骇、旷古惨劫之南京大屠杀，被害达数十万人之众”。其所属部队，在 12 月 13 日至 21 日留驻南京之一周内，犯下屠杀、强奸、抢劫及蓄意破坏财产等罪行。鉴于谷寿夫本人“于战前及战时，违反国际条约及公约，阴谋预备发动并支持对我国之侵略，复违反战争法规及惯例，直接或间接施暴行等”，构成战争罪、违反人道罪及违反和平罪，“种种暴行，加诸手无寸铁之平民，并在南京造成旷古未有之浩劫”，起诉书主张对其“应科处极刑，以维正义与和平”。1947 年 3 月 10 日，法庭对谷寿夫判处死刑。

下篇　历史的侧影

侵华日军焚烧中国遇难同胞尸体所用的铁桶（侵华日军南京大屠杀遇难同胞纪念馆藏）

铁桶

一团炽热的烈焰闪过
打着绑腿穿着军靴的脚
踩着怪异的舞步
在一丛丛累叠的肉身中
飞速进退
尸身横亘就像黑色的五线谱
远近一个个颠簸行进的铁皮桶
就像跳跃的小调音符
在浓烟密布火光冲天的长江岸边
演奏着世上
最惨绝人寰的
交响

许多年后
一位名叫郭永柱的南京老人
把这只铁桶公之于世
并介绍了它的来历——
“1937 年 12 月 14 日傍晚，
祖母郭史氏找我的父亲，

当时我的父亲在国民革命军八十八师服役。
（祖母）到下关中山码头沿江一带寻找，
只看到一堆一堆尸体正在燃烧，
马路上到处流淌的都是血水
和人的油。
她没找回自己的儿子，
只找回了日本的白铁桶，
那个铁桶当中还有半桶汽油。”

这个普通的铁桶
上口沿有一个铜制的铭牌
上书“大阪株式会社宫崎商店昭和十二年制造”
日本昭和 12 年
也就是 1937 年
大阪株式会社宫崎商店生产的这只铁桶
被侵华日军丢弃在
南京下关
焚烧中国遇难同胞尸体的现场

历史的风云
剥落了沧桑岁月
吹散了升腾硝烟
湮没了如割记忆
这只锈迹斑斑的铁桶
作为不寻常的铁证之一
无言地诉说着
曾经发生的罪恶

86 年前的南京沿江一带
是侵华日军大规模集体屠杀人数最多
次数最为频繁的地方
千千万万手无寸铁的同胞
有些甚至被活活烧死了
许许多多的尸体
虽然一阵猛烧
还是烧得不彻底
留下一座座焦黑的尸山
是
日本帝国主义
犯下的滔天罪行中
最醒目的
黑色注脚
是
日本法西斯
永远无法洗白的
黑色污点

今天
我们看到这只铁桶
这只稀疏平常的铁桶
没有什么创意的设计
斑驳的铁皮
粗糙得就像
熊本县（侵华日军第 6 师团又名“熊本师团”）的矿工
或者是

京都（侵华日军第 16 师团又名“京都师团”）的农夫
长满老茧的手

原本也是农民
或者是贫苦的矿工
嘴角常犁出憨憨的笑
在经年累月的劳作中
换来一家稀薄的温饱
某一天
振臂一呼中
穿上了昭和五式军服
戴上了九〇式头盔
背上了三八式步枪
跟随着一匹匹绿色的狼
蜂拥地踏入
神往的肥茂之地
这块温和孱弱的土壤
令它们
血脉偾张
兽性大发

繁华的都城
琳琅的商店
如花的少女
稀世的珍宝
这里曾经的一切美好
支离破碎

灰飞烟灭
香消玉殒

毁灭是毁灭者的兴奋剂
失去管控
甚至受到高层允许和纵容的
兽兵们
在曾被他们尊称为“老师”的地方
在被他们蔑视为“支那”的国家
在离家人两万多公里的“Nanking”
恶魔封印被打开
鬣狗般阴森的犬齿和獠牙
恣肆地张大
鹰隼般的魔爪
扑向一个个
被他们视为低等民族的中国人
从雨花台到孝陵卫
从中华门到中山门
从秦淮河到玄武湖
从燕子矶到下关码头
用远远超出人们想象的手段
烧杀抢掠　摧残迫害
无所不用其极

灭绝人性地
犯下滔天罪行的罪犯
必然要

想方设法
毁尸灭迹
这些铁桶
这些万里迢迢带来的铁桶
就此派上了大用场
它一次次地装满
淡黄色的汽油
被一双双亢奋的
日趋冷硬的手
倾倒在
一堆堆
被弹雨反复绞杀
用刺刀不断洞穿
像折断的芦苇般
穿着黄色蓝色浅棕色军服
已放下刀枪
被捆绑着的尸体上
倾倒在
一排排
逃难的或被强行抓来的
手无寸铁的
死不瞑目的
男人女人老人小孩身上
以及
仍在蠕动的
还在呻吟的
流血的肢体上

……

这只被野兽遗弃的
普通的铁桶
有了历史的厚重和
沉甸甸的罪恶
今天
人们走进侵华日军南京大屠杀遇难同胞纪念馆
会看到这只静静陈列的铁桶
当我们喷射出愤怒火星的目光
慢慢推进
穿过锈蚀的铁壳
穿越风干的油渍
便会清晰地看见——
1937 年 12 月　地狱般的南京城
焚烧
不管白昼还是黑夜
无论房屋还是生命
癫狂的烈焰
狰狞的狂笑
遮天蔽日的浓烟
布满弹洞的亡魂
被汽油烧焦的躯体
父老兄弟无助的目光
便会清楚地听见——
野兽漫山遍野的嚎叫
机枪震耳欲聋的嘶吼

同胞横遭厄运的悲吟

……

时间推移

铁桶会生锈

但刻骨铭心的记忆不会湮灭

必将定格在

历史的屏幕上

定会遍布在

人们的脑海中

任恶魔后人如何洗刷

都必然

永存

人&鬼
——南京大屠杀的刽子手

松井石根
时任侵华日军华中方面军司令官

1937年
你56岁
体质虚弱
身材矮小
留着小胡子
甚至患有肺结核
据说你还是出身书香门第的
虔诚的佛教徒
和南京大屠杀的元凶、首犯
似乎存在巨大反差
确实
在1946年12月的远东国际军事法庭上
被列为“甲级战犯”
作为日本28名首要战犯之一的你
在庭上毕恭毕敬地表示
“攻打中国南京，我是受命行为，

我本人是无可奈何的。”
也许是你这副瘦弱身材的错觉
也许是在两年多的审判过程中
你一直装出一副懊丧、忏悔、可怜的模样
蒙骗了法官们的慧眼
当时法庭初步审判结果
竟然否定了检方提出的
有关你的39项罪名中的38项
仅认定你
在普通战争中对部属行为约束的“不作为”
这一项有罪
就差对你宣布当庭释放

如山的铁证
很快剥去你
虚伪的恭敬
虚假的可怜
当年代表中国出任远东国际军事法庭法官的梅汝璈
回忆了当时的情景
“讯问看到过这些‘备忘录’没有？
松井答称：看到过。
讯问他采取过什么行动？
松井答称：我出过一张整饬军纪的布告，
贴在某寺庙门口。
问：你认为在浩大的南京城内，到处杀人如麻，
每天成千上万的中国人被屠杀、被强奸，
你的这样一张布告会有什么效力吗？

松井哑然，无言以对。
继又供称：我还派了宪兵维持秩序。
问：多少名宪兵？
松井答：记不清，大约几十名。
问：你认为在好几万日军到处疯狂似地
杀人、放火、强奸、抢劫的情况下，
这样少数的宪兵能起制止作用吗？
松井于沉思后低声答称：我想能够。
于此，法庭遂传讯另一证人，
这个证人根据亲历目睹的事实，
证明全程总共只有宪兵 17 名，
而这 17 名所谓‘宪兵’非但不制止任何暴行，
而且他们自己也参加了暴行，
特别是抢劫财物或者从强盗士兵们手中来一次‘再抢劫’。
在这个证人面前，
松井弄得窘态毕露，无地自容。”

更让你无言以对、无地自容的
是约翰·马吉出庭的一段证言
在某一夜间，
一个日本兽兵竟光顾他的住宅达三次之多，
目的之一是想强奸匿避在她家中的小女学生，
其次便是想窃盗一点财物。
每次经他高声嚷斥之后，
这个兽兵便抱头鼠窜而逃，
但是每次都要偷点值钱的东西走。

为了满足他的贪财欲望，

最后一次，
这位老牧师索性故意让他在衣服口袋里
扒去他仅有的60元纸币。
在得到了这份意外之财以后，
这个日本兽兵便怀着满意和“感激”的心情，
一溜烟似地从后门逃走了……
远东国际军事法庭在审讯南京大屠杀事件约20天的过程中，
空气一直是严肃、沉重的，
唯有在老牧师讲完这个故事之后，
法官同人和旁听席中的大量群众
（每庭旁听的日本人都在一千人以上）
都不禁失笑，
而被告席上的那些大战犯们（特别是松井石根）
却面有难色，啼笑皆非。

一个又一个有力的证据
让你一次又一次原形毕露
其实啊
攻占南京 屠戮南京
早在你的脑海
烙下不可磨灭的印记
因为1937年12月17日
你来到了沦陷4天后的南京城
那可是你人生的巅峰时刻
梦寐以求心愿的达成
让你不顾大病初愈
顶着肺结核的折磨

先乘坐海军汽艇溯江而上
再换乘轿车来到南京中山门三孔拱门处
尔后，你在那里骑上一匹栗色高头大马
在成千上万日军士兵夹道欢迎下
耀武扬威地走进南京城
致辞时
站在你不远处的部下
记录了你无比激动的神情
“消瘦的脸颊上有根筋正抽搐着”
“可以清楚地从其面部神经感受到
老将军心中的激动”
后来
你说开始怀疑在南京发生了极端可怕的事情
当晚就召开参谋会议
还说当你了解到
日军在南京实施强奸、屠杀和劫掠的严重程度
极为沮丧
甚至到 1938 年 1 月 1 日
你仍觉得“令人极度懊恼”
因此郁郁寡欢
然而
证人们的证言证据
无情地崩塌了你的“人设”
你人生的“高光”时刻
就是南京的至暗之时
就在你旌旗招展前呼后拥
骑着大马举行“入城式”和“慰灵祭”的那天

南京城内不但尸陈遍地、臭气熏天
而且还有 14 个火头正在熊熊燃烧
你视若无睹、无动于衷
没有采取过任何有效行动加以制止
以致南京大屠杀持续达六个星期之久
作为攻占南京的最高统帅
只要你不故意纵容部下
南京大屠杀便不可能发生
即使发生
规模也必小得多得多
时间也必短得多得多

你的狡辩
在铁证面前
不堪一击
30 万遇难者的呻吟和流血
是土地最严峻的表情
是法庭最悲壮的宣判
然而
极具讽刺意味的是
你这位杀人不眨眼的魔头
在最后庭审被宣布判处绞死刑时
竟“吓得面无人色，魂不附体，
两足瘫软，不能自支，
后由两名壮健宪兵用力挟持，
始得拖步走出法庭。”

1948 年 12 月 23 日黎明
70 岁的你
在东京巢鸭刑务所被送上绞刑架
头上蒙着黑布
双手被反锁
绞绳套住脖子
随着脚下的踏板抽出
还没来得及观看
最后一眼喷薄的曙光
曾经的虚妄贪婪邪恶
以及生命的意义
一刹那
坠落地狱
双手沾满中国人鲜血的你
悬空挣扎了 12 分 30 秒后
才一命呜呼

也许
在你人生的最后 12 分 30 秒
你脑海里会浮现
1885 年在东京成城学校艰苦训练的情景
1893 年在陆军中央幼年学校获得天皇赐予的
银质怀表的情景
1901 年以学科第一名的成绩进入日本陆军大学
并于 1906 年以第一名的成绩毕业的情景
特别是
你在 1937 年 12 月 17 日

骑着大马
践踏着一座叫南京的城市的情景
那时的你
“万众瞩目” “风光无限”

也许
在你人生的最后 12 分 30 秒
你还会看到
你的部队
你的被称为日本兽军的部队
在南京屠杀中国人的情景
焦黑的尸体
滚落的头颅
零碎的残肢
……

也许
在你人生的最后 12 分 30 秒
你更会看到
在南京大屠杀中遇难的 30 万中国人
从地底向你伸出血迹斑斑的双手
愤怒的海洋
声讨的巨浪
将一直
包裹着你 吞没着你
永远
永远

中岛今朝吾

时任侵华日军第16师团师团长兼任南京警备司令官

你的名字
不在日本甲、乙、丙级战犯名录中
但对于沦陷的南京来说
每寸焦土都埋下了你的姓氏
每片飞灰都飘荡着你的名字

1937年11月13日
你率领侵华日军第16师团
从江苏常熟白茆口登陆
协同华中方面军其他所属师团
先后攻占了常熟、苏州、无锡、常州、丹阳等地
一路实施烧杀淫掠等暴行
犯下了许多反人类罪行
12月13日傍晚南京沦落
你被任命为南京警备司令官
发布了“不要保留俘虏”的命令
惨无人道的大屠杀开始了——
太平门的一个中队长“处理”了1300人
仙鹤门处“处理”了七八千人
佐佐木一个部队就“处理”了15000人
你在阵中日记里
清晰淡定地记录下“处理”过程
“收拾这七八千人需要相当大的壕沟，

怎么也找不到，
遂提出意见，
预定把俘虏按一百、二百人分开后，
诱导至适当地方处理。”
燕子矶、草鞋峡、鱼雷营、江东门等万人以上大屠杀
都出自你手
你的机枪手们
“扣动扳机的手指都磨烂了”

杀完军人之后
你又把枪口对准了平民
指挥部下开始在南京城内
如一匹匹恶狼般抓捕平民百姓
无论男女老幼
全部都不放过
遇到男人
直接开枪、砍头
遇到女人
则强奸、虐杀
那一朵朵鲜艳欲滴的花蕾
被狰狞的恶魔摧残
折损在寒冷的冬季
那一个个天真无辜的婴儿
还没来得及睁眼看世界　便
葬身于罪恶的刀丛
冰结的泪珠
让中国母亲

心痛至今
黑色的火舌
舔咬着南京城
熊熊火光中
炼出人间地狱

凶神恶煞的日本士兵
烧杀奸掠
你这 56 岁的日本陆军中将
也按捺不住
拔出武士刀
亲自加入这场恶魔的狂欢
亲手砍杀七名无辜中国人
在大屠杀现场
你还对陆军省人事局局长阿南说:
“支那人什么的,
有多少杀多少。”
你率领的师团在南京大屠杀期间
是屠杀中国军民最多的日军部队
在战后对日本战犯的审判中
“中岛部队”的罪行
被许多受难南京市民
大量指证

你沾满中国人鲜血的手掌
还贪婪地　疯狂地
几乎抚过了南京的每一寸土地

据说每过一处宅院
你都会像狮子老虎
在领地周边撒泡尿宣示主权那样
在院子里写下自己的名字
表示这个院子和里面的东西都归你所有
不允许其他人染指
你把从南京洗劫的大量财物
偷偷运回日本老家
却对部属上行下效的做法“深恶痛绝”
在日记里大骂
“日本人借着所谓的好奇心，
跑到国民政府里面来……
在军官的带领下小偷小摸，
看中什么拿什么，
真是让人瞠目结舌”

就像菊与刀
被称为“虐待狂”“杀人狂魔”的你
在外人面前却装作一副儒将形象
毕竟
你曾留学法国
东西方的教育背景
让很多人
都被你的假象蒙蔽
直到南京大屠杀发生
直到你的兽行公之于世

可惜呀

日本战败无条件投降后

1945 年 10 月 28 日

你“幸运地”患上了尿毒症和肝硬化

在东京家中暴毙

逃脱了中国人民的正义审判

但数十万殉难的累累白骨

拱出历史厚厚的泥土

一笔一笔

坚硬地书写

斧凿般血染的铁证

将你和你臭名昭著的第 16 师团

永远钉进

人类罪恶的耻辱柱

田中军吉

时任侵华日军第 6 师团步兵第 45 联队中队长

实事求是地说

你的名字

比起中岛今朝吾第 16 师团的两个少尉

向井敏明和野田毅

还不那么广为人知

那时的他俩

在上海到南京的进攻途中

向井敏明以一把铭文为“关孙六”的日本军刀

野田毅以一把祖上传下的武士刀

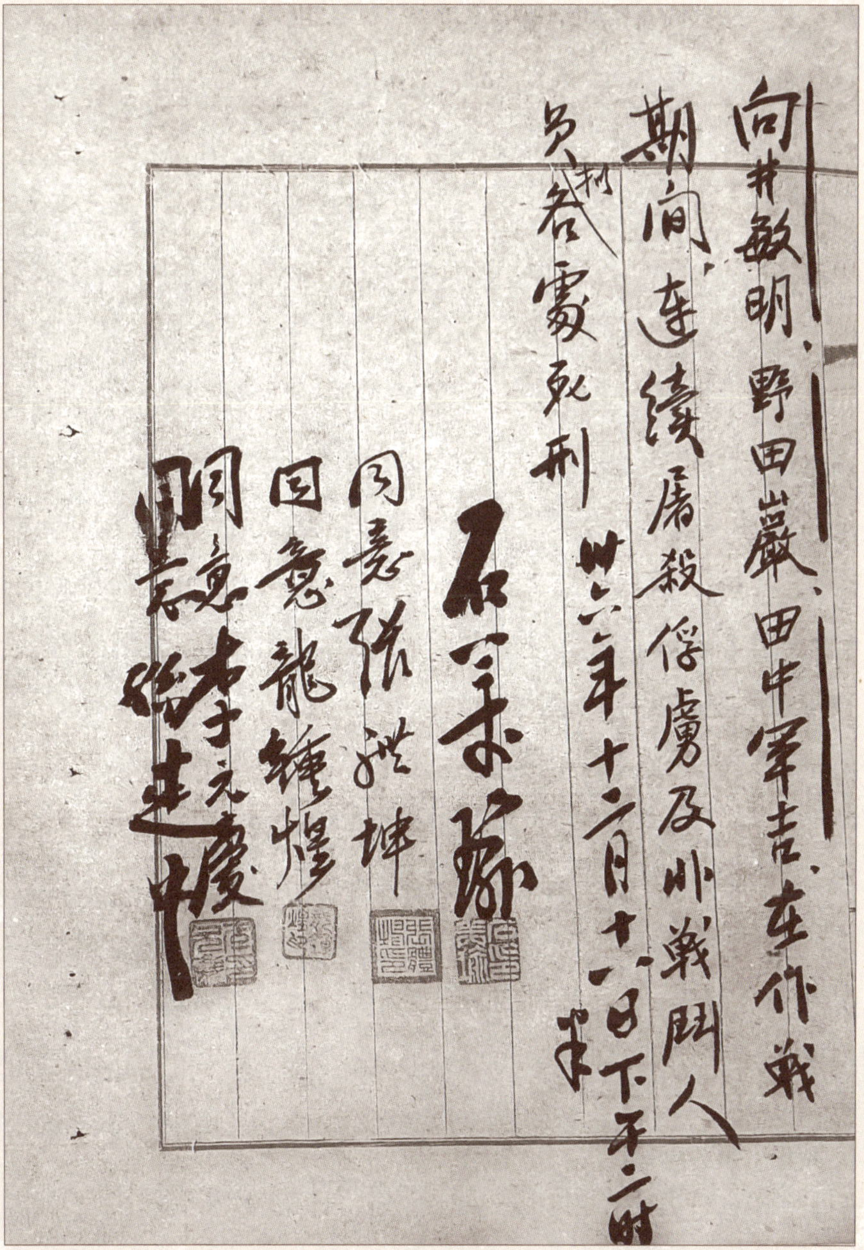
向井敏明、野田巖、田中軍吉、在作戰期間連續屠殺俘虜及非戰鬭人員各處死刑

卅六年十二月十八日下午二時半

石美瑜

同意 張體坤

同意 龍鍾煜

同意 李元慶

同意 孫建中

1947年12月18日，经国民政府国防部审判战犯军事法庭庭长兼审判长石美瑜及其他法官连署同意的关于对田中军吉等三人处以死刑的签注意见单。（中国第二历史档案馆藏）

进行着一场亘古未闻的劈人竞赛
谁先用刀砍死第 100 个人谁就获胜
《东京日日新闻》派出 4 名随军记者
隆重报道了这两位杀人魔王的“战绩”

出生于日本东京的你
作为谷寿夫第 6 师团的大尉中队长
“战绩”也毫不逊色
你手持的明治十九年（1886 年）“助广”军刀
不仅是杀人的冷兵器
更是一个邪恶图腾
你如同着了魔的屠夫
在南京的大街小巷
开始了疯狂而又残忍的杀戮
从中华门一直杀到了水西门、汉中门、新街口……
你对手下大放厥词
“替我数着，
看这把宝刀砍掉多少人头而不卷刃！”
随行的记者还帮你拍照
留下了那张
人神共愤的图片——
你头戴军帽
身穿白衬衫
举着“助广”军刀
向一名全身被绑
跪在地上的中国青年
挥刀砍杀……

你就像狰狞的魔鬼
伸出猩红的舌头
鲜血的腥味
生命的溪流
在你军刀呼啸的寒风中
倾泻大地
南京大屠杀期间
成为你刀下冤魂的中国军民
竟达300余人！

虽然
1947年5月
隐姓埋名的你
因为那句诳语：
“当年老子在支那参战，
一天就杀了100多个支那人，
还敢跟我要钱。”
而“意外被捕”

虽然
1948年1月27日
南京的各大路口都张贴了大幅布告：
“查战犯向井敏明、野田毅、田中军吉等，
在作战期间共同连续屠杀俘虏及非战斗人员，
罪证确凿，业经本庭依法判决，各处死刑，
遂于本月28日正午12时，由检察官
将战犯向井敏明、野田毅、田中军吉等三名提案，验明正身，押赴雨花台刑场执行死刑。”
次日，刑场上
趾高气扬、炫耀杀人不眨眼的你
竟尿了裤子

但是
你在 1937 年 12 月的南京
恣肆挥舞着“助广”军刀
屠戮着手无寸铁的无辜青年
一道道深深的伤口
86 年了
依然会渗出殷红的血
隐隐作痛

我多想
早生一个世纪
燃烧红色的血液
挺起绿色的肩膀
与你决战紫金山巅
用中国男人山一般的膂力
和保家卫国峰一般的信念
阻挡暴虐的洪流

我多想
今天 你以军人的身份再生
丢下华丽与邪恶并存的军刀
 成为装备先进训练有素的现代军人

你会满意的

你的对手钢多气足

不再是当年孱弱的力量

你会失望的

新时代的中国军人

将不会再给任何国度的军人

提供施暴的机会和

建立功勋的可能

更不容许

军国主义卷土重来

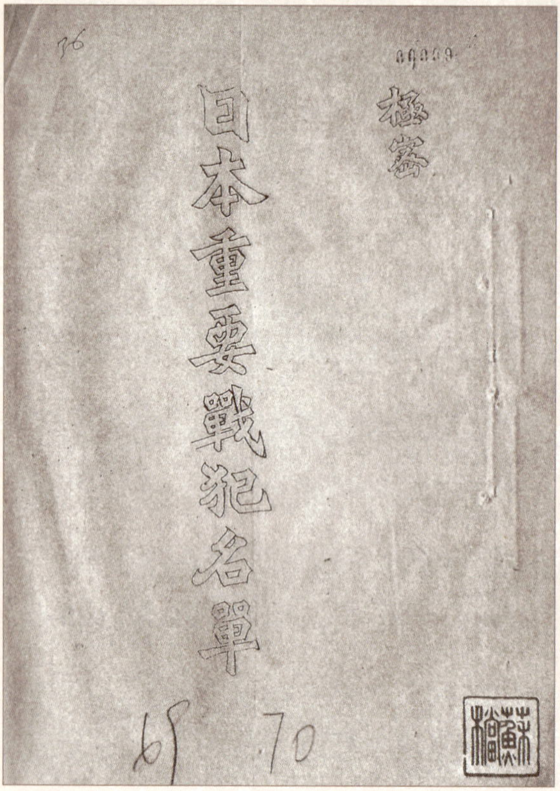
檔案

日本重要戰犯名單

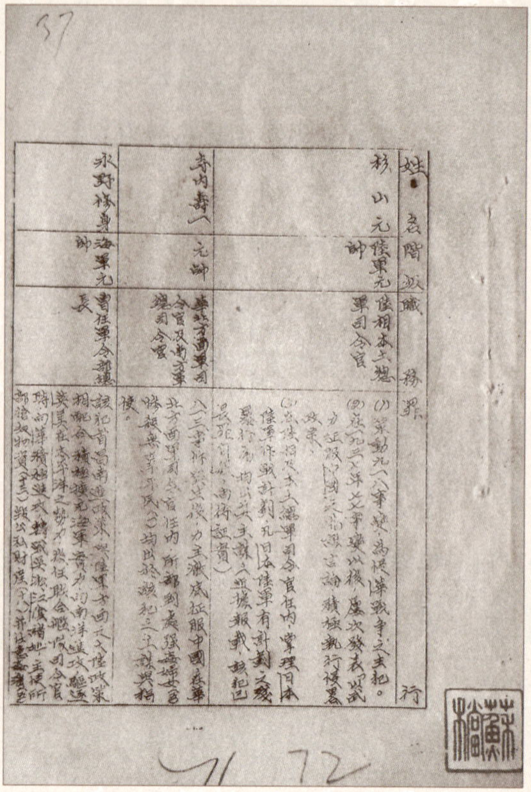
姓名	階級	職務	罪行
杉山元			
寺内壽一	元帥		
永野修身			

日本重要战犯名单（江苏省档案馆藏）

日本重要战犯名单

许多显赫一时的名字
许多耳熟能详的名字
许多熟悉或不熟悉的名字
232 人
手上沾满中国人斑斑血迹的名字
就这么压缩在
这本仅有 81 页的
《日本重要战犯名单》中

每一个黑色名字的背后
是一段毛骨悚然的记忆
邪恶者的灵魂
烙进脑海的狰狞
像暴风一样
贯穿进我们的眼眸

“元帅 3 人
大将 23 人
中将 167 人

少将 11 人
文职 28 人”
杉山元　寺内寿一　永野修身
多田骏　长谷川清　朝香宫鸠彦王
酒井隆　石原莞尔　谷寿夫
中岛今朝吾　川岛芳子
……
“人员涉及政治、军事、工农业、金融商贸、
情报新闻宣传等多方面，
体现侵华战争的计划性和全面性。”

泛黄的纸页
血腥的气息浓重
薄薄的名册
勾勒出耻辱的轮廓
是一部
近代中国令人窒息的国耻史
山一样厚重

一个又一个方格
战犯们一一占据
就像最后的领地
抑或是沙场
寥寥几笔
刻录下他（她）们
在中国不可一世的疯狂
以及

灭绝人性的残虐

“永野修身，海军元帅，曾任军令部总长，
……转战吴淞、江阴诸地，
主使所部抢劫物资、毁公私财物，
并任意奸淫杀戮，无恶不作。”

“朝香宫鸠彦王，陆军大将，总指挥官，
该犯为日本法西斯军阀侵华之最积极分子，
性极残酷，八一三事变发生后，
该犯率部进攻淞沪各地，
后调任会攻南京之总指挥官，
计划历史未有之南京大屠杀，
我无辜平民被杀害者，难以数计，
并纵兵四处抢劫，烧毁平民住宅，
强奸妇女，无所不为，
实为祸我南京之唯一罪魁。”

“谷寿夫，中将，第六师团长，
为进攻南京城之第一罪犯，
该犯指使所部到处惨杀我无辜平民甚众，
并肆意破坏财产。”

“中岛今朝吾，中将，
第十六师团长兼中部防卫司令官。
一九三七年九月初旬，
参加沧州战役，

十一月中旬参加常熟苏州南京各战役，
一九三八年二月调平汉线北段，
三月下旬复调济南，
参加徐州会战及陇海线作战，
继又转犯合肥六安等地，
所到之处，强奸抢劫，
惨杀平民及毁坏财物等，无所不为。”

“川岛芳子，曾任天津特务机关谋略班班长。
该犯罪大恶极，一切侵华情报均由该犯供给，
九一八事变时，辅佐多田骏，代为谋划，
曾游说马占山，
企图不用一枪一弹即将东北占领，
失败后即赴上海，
在田中隆吉之特务机关工作……
其侵华祸华之程度，与土肥原同。”
……

罄竹难书的罪行
白纸黑字的罪恶
却无法将这些
声名狼藉的战犯
全部绳之以法
有的因皇族身份逃脱审判
有的因亲美立场很快获释
但这些泛黄的名单
刀劈斧凿的文字

遒劲有力的线框
是千千万万无辜死难者
用血泪串联成的枷锁
是埋葬日本法西斯的坟茔
无论多少年后
鬼子的獠牙
怎样吐露
军国主义的阴魂
如何躁动
正义的审判
确凿的铁证
将永远让这些罪大恶极的日本战犯
无处遁形
并把这些罪恶滔天的刽子手永远
钉进历史的耻辱柱

注：根据远东国际军事法庭战犯分类，所谓主要战犯又称甲级战犯，共有28人，重要战犯是指乙级战犯和丙级战犯。江苏省档案馆收藏的《日本重要战犯名单》来源为1946年南京国民政府司法行政部，编号为9，属“极密”级，名单封面注明包括“元帅3人、大将23人、中将167人、少将11人、文职28人，共232人”。名单列有姓名、阶级、职务、罪行。排在第一的是陆相、本土军总司令官杉山元，罪行三条，第一条即策动“九一八”事变，为侵华战争之主犯。排在倒数第二的是川岛芳子，职务为天津特务机关谋略班长，列出的罪行最长。

幸存者

每一次阅读你惨痛的经历
都是一次对历史的回望
你身上的 30 多处刀伤
每一处都是一段泣血的故事
每一个结痂的疤痕
都无法缝补
对日本军国主义的憎恨

李秀英
南京大屠杀九死一生的幸存者
1937 年 12 月 她 19 岁
怀有七个月的身孕
把丈夫送出南京后
她和父亲李松山
一起躲进了由拉贝等人设立的
南京国际安全区
在五台山小学的地下室
她和 20 多个妇孺老人
每天把锅底黑灰涂抹在脸上

蓬松的沾着草节的头发
湮没了花样年华

即便如此
侵华日军的魔爪
依然阴森森地
伸向了惊恐的羔羊——
12 月 19 日
3 个鬼子兵
裹挟着冷冽的寒风
闯进了地下室
看着眼前的猎物
野兽们发出兴奋的嚎叫
脸上咧出邪魅的笑容
如花似玉的女人
即便是身怀有孕
依然是它们
肆意摧残的对象

国破家必亡
从上海到南京
它们一路杀来
多少母亲
多少妻子
多少姐妹
多少女儿
被野兽们任意践踏、玩弄、宰割

从中将师团长到普通一兵
无不如此
面对闪着寒光的军刀
面对随意扣动扳机的三八大盖
温柔似水的江南女子
只能任屈辱的泪水横流
一旦有所反抗
就是残忍的杀戮
许多人不堪其耻
选择与世决绝

闯进地下室的鬼子
眼睛闪着绿光
扑向了李秀英
“就是死，也不能让日本兵侮辱！”
刚烈的李秀英
猛地翻过身子
拔出鬼子腰间的刺刀
迅速靠在墙上
鬼子惊呆了
他怎么也想不到
一位有着 7 个多月身孕的中国女人
居然不畏生死
敢于抵抗

夺刀
激烈地夺刀

矮个子鬼子
紧紧抓住李秀英拿刀的手
衣领却被李秀英死死薅住
手也被李秀英拼尽全力撕咬
鬼子凄惨地喊叫
“两个日本兵就跑过来，
就把刺刀拔了出来，往我脸上戳。
我脸上全是刀伤，血就哗哗地往下流，
我就“噗”，就把血吹到他们脸上。
这时候，过了一段时间，
我流血太多，另外一刀戳在我肚子上，
我肚子里还有小孩，
一头就死过去了。”

身中 30 多刀
李秀英意外地
与死神擦肩而过
在南京鼓楼医院
经医治保住了性命
但肚子里的孩子
永远地离开了这个世界

往后的日子
每每看到满脸的疤痕
李秀英就会忆起这段噩梦般的经历
身体的伤口
使她痛苦

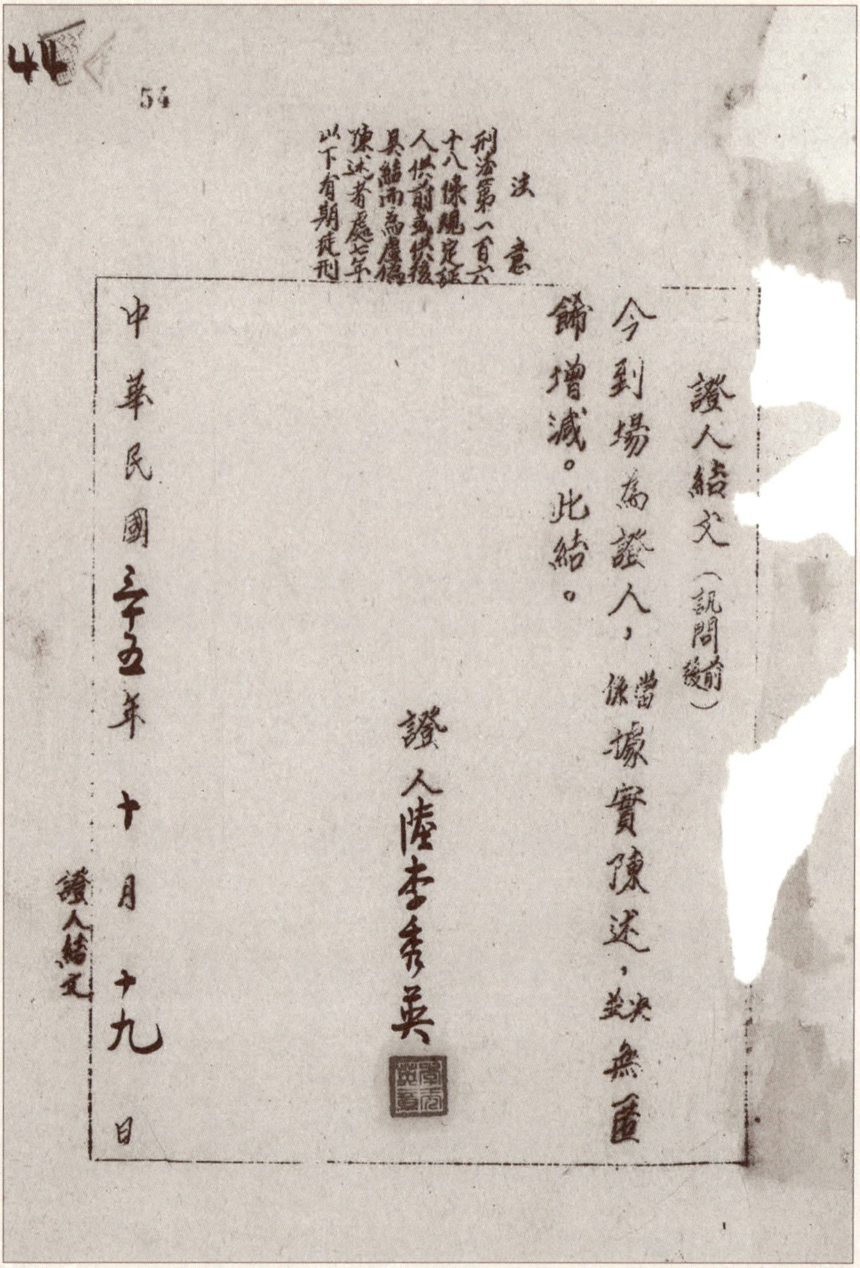
44

54

注意

刑法第一百六十八條規定證人供前或供後具結而為虛偽陳述者處七年以下有期徒刑

證人結文（訊問前/後）

今到場為證人，係據實陳述，並無匿飾增減。此結。

證人 陸李秀英

中華民國三十五年十月十九日

證人結文

1946年10月19日证人李秀英结文（中国第二历史档案馆藏）

日本右翼颠倒黑白的谰言
令她愤恨
1946 年
她毅然走上审判日本战犯的法庭
用一个幸存者铿锵的证言
“活的证据”
揭露了侵华日军无尽的罪恶
1999 年
面对日本右翼分子的加害
她再次挺身而出
拿起法律的武器
与日本右翼势力展开搏杀

2004 年 12 月 4 日
在曾经获得新生的南京鼓楼医院
李秀英走完了人生之路
这位刚烈正直、不畏强暴的中国女人
从 1937 年 12 月 19 日之后
用 60 多年的时光
以自己为铁证
勇敢地揭露侵华日军的暴行
向世界控诉惨绝人寰的南京大屠杀
坚决地同日本右翼势力作斗争

幸存者逐渐凋零
但侵略者的罪恶不会随风飘散
让我们永远记住李秀英

记住每一位幸存者的名字

记住他们

就是记住民族曾经的苦难

这些国殇国耻的苦难

这些幸存者的面孔

将时刻警醒我们

忘战必忧

珍爱和平

砥砺前行

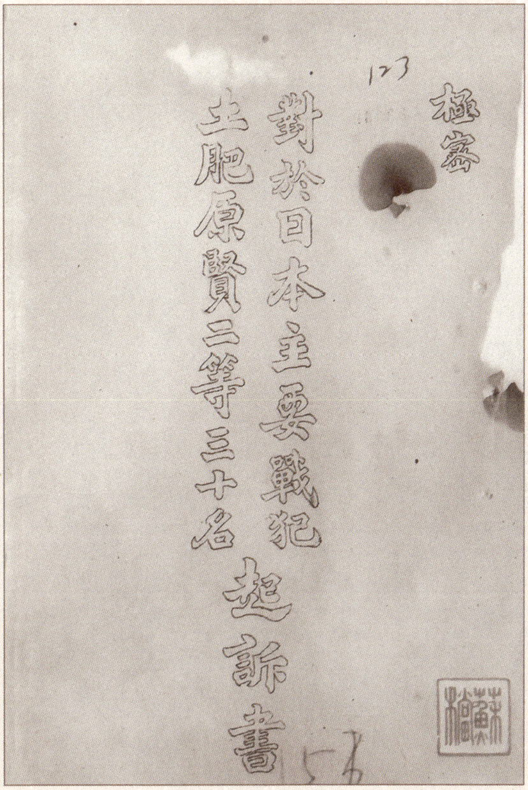

極密

對於日本主要戰犯
土肥原賢二等三十名
起訴書

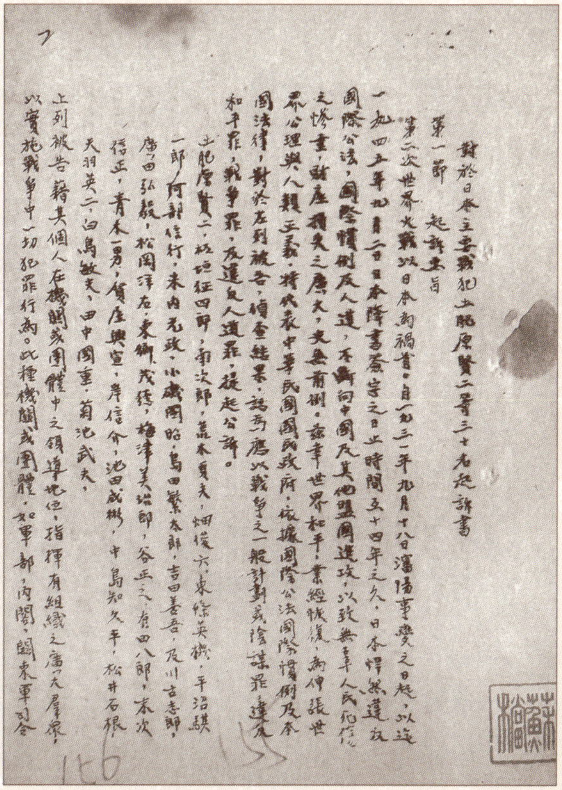

對於日本主要戰犯土肥原賢二等三十名起訴書

第一節 起訴要旨

第二次世界大戰以日本為禍首。自一九三一年九月十八日瀋陽事變之日起，以迄一九四五年九月二日日本降書簽字之日止，時間五十四年之久，日本悍然違反國際公法，國際慣例及人道，不斷向中國及其他盟國進攻，以致無辜人民死傷之慘重，財產損失之廣大，史無前例。破壞世界和平，業經恢復，為伸張世界公理與人類正義，特代表中華民國國民政府，依據國際公法國際慣例及本國法律，對於左列被告，偵查結果，認為應以戰爭之一般計劃或陰謀罪，違反和平罪，戰爭罪，及違反人道罪，提起公訴。

土肥原賢二，板垣征四郎，南次郎，荒木貞夫，畑俊六，東條英機，平沼騏一郎，阿部信行，米內光政，小磯國昭，島田繁太郎，吉田善吾，及川古志郎，廣田弘毅，松岡洋右，東鄉茂德，梅津美治郎，谷正之，有田八郎，末次信正，青木一男，賀屋興宣，岸信介，池田成彬，中島知久平，松井石根，天羽英二，白鳥敏夫，田中國重，菊池武夫，

上列被告藉其個人在機關或團體中之領導地位，指揮有組織之廣大羣眾，以實施戰爭中一切犯罪行為。此種機關或團體，如軍部，內閣，關東軍司令

《对于日本主要战犯土肥原贤二等三十名起诉书》（江苏省档案馆藏）

起诉书

浏览这份档案
夕阳正落入一道裂缝
南京市梦都大街上喧闹的车流
鸣响着归家的急切
薄薄的窗帘
阻隔着两个世界
70 多年前的蝇头小楷
铺展着
抖落出岁月和声响
散在指尖
拖长了朦胧的眼眸

1946 年南京国民政府司法行政部的机密档案
《对于日本主要战犯土肥原贤二等三十名起诉书》
薄薄的 62 页
写满了中华民族的深重灾难
刻印下日本战犯 14 年侵华的
滔天罪行

“第二次世界大战以日本为祸首。
自一九三一年九月十八日沈阳事变之日起，
以迄一九四五年九月二日日本降书签字之日止，
时间为十四年之久，
日本悍然违反国际公法、国家惯例及人道，
不断向中国及其他盟国进攻，
以致无辜人民死伤之惨重，
财产损失之广大，史无前例。”

30 名战犯
罪大恶极的名字
就这样一一陈列在
世人眼前——
“土肥原贤二、板垣征四郎、南次郎、
荒木贞夫、畑俊六、东条英机、
平沼骐一郎、阿部信行、米内光政、
小矶国昭、岛田繁太郎、吉田善吾、
及川古志郎、广田弘毅、松冈洋右、
东乡茂德、梅津美治郎、谷正之、
有田八郎、末次信正、青木一男、
贺屋兴宣、岸信介、池田成彬、
中岛知久平、松井石根、天羽英二、
白鸟敏夫、田中国重、菊池武夫。”

这是些怎样的人啊
日本军国主义的头目
“九一八”事变的主谋

侵华战争的主犯
南京大屠杀的元凶
一个个阴险狡诈、凶残暴虐的脸
是“日本战犯”这四个字
最恰如其分的注解

作为法律文书
起诉书的文字是简要精炼的
字里行间
充溢着克制的情绪
对侵华日军犯下的各种罪行
分别“略加说明”
但悲愤在尺牍间流淌
浸透纸背

“战争罪”共列 33 项——
“（一）谋害与屠杀——有系统之恐怖行为。
凡日军侵占之地区，
均有谋害与屠杀之行为。
其中最残暴者，
如一九三七年十二月十三日之南京大屠杀”

“（二）将人质处死。
此项罪行，
以在华北及华中一带为多。”

“（三）对平民施以酷刑。

此项罪行，
凡日军所占领之区域，无不发生，
尤以南京北京等地人民所控诉者，最为残酷。”

“（四）故意饿毙平民。
在占领区域内，
日军及宪兵任意拘捕人民，不给饮食，
故意使其饿毙者甚众。”

“（五）强奸。
日军到处有此行为，
且往往强奸后任意将妇女杀死。”
……

“违法人道罪”共列 30 项——
“将人民捆绑，用刺刀连刺数十洞，
令其忍受无限痛苦而死。”

“将数十人或数百人关闭屋内，
周围洒以煤油，将其全部焚毙。”

“用木棍或铁锤，
将难民击毙后，抛入河中”

“以煤油强迫灌入腹内，
再以易燃烧之纸投入口中，
使其火力直达于腹部，

立时将其烧烂毙命。”

“强奸妇女后，用刺刀破其腹，
将其心肺挖出。”
……

“主要战犯之个别罪行”
是对这些被称为日本战犯或
鬼子、刽子手、恶魔
罪证的陈列
罪行的揭示

“土肥原贤二，大将，
该被告为日本法西斯军人之领袖，
阴谋险恶，残暴万端，
主张积极侵华，以武力征服中国，
为执行田中奏折实施侵略战争最有力之人……”

“东条英机，大将，陆相，总理
该犯为日本法西斯军阀侵华最烈之分子，
其性情之险恶，行为之残暴，为世所罕见，
曾发动察哈尔之役，主使所部，
屠杀人民，奸淫掳掠，无恶不作。”

“岸信介，商工大臣，
该被告与松冈、鲇川同称为满洲三杰，
侵华最为激烈，

为九一八事变之发动者，
事变后一手制造傀儡政府，
僭夺我国主权，并充任伪满实业部次长多年，
榨取我东北资源，
以供日本军阀战之用。
一九四一年十月任东条内阁商工大臣，
对我沦陷区及南洋一带，
极力搜刮各种物资，加强侵略战争，
为此次世界大战罪魁。”

“松井石根，大将，上海派遣军司令官。
一九三七年升任上海派遣军总司令，
指挥海陆空军到处奸淫掳掠，
轰炸不设防地区。
一九三七年十二月十三日，
日本陆军攻入南京，
该犯下令对南京城施行大屠杀”
……
这些惨无人道的罪行　仅是
“一部分人民之控诉加以摘录而已”
今天再次读起
历史从寒风和死亡中穿过
敲击键盘的手
僵硬
一次又一次
迟疑得有些黏稠

许多年后
许多人看到一部
名叫《海豚湾》的电视纪录片
偷拍的画面
真实记录了
日本一个名叫太地町的
古老港口小城
每年九月至次年三月
会有成千上万的海豚
聚集在这里附近的海域
渔民们会熟练地
把海豚驱赶进狭小的海湾
在挑选出少数年轻的雄海豚后
开始熟练地进行惨烈的集中猎杀
他们用削尖了的长枪
一次次刺向
原本还在嬉戏的海豚们
红色雨瞬间吞噬了蓝色海
然后
他们再用长柄铁钩
将受伤的海豚
一只只拉上小船
再
割断它们的喉咙
或者
砍开它们的脊髓
然后

以每只 500 美元的价格
卖给当地超市或批发商
屠杀进行时
海豚的哀叫从有到无
此起彼伏
残忍的海湾
只剩下渔民的笑谈
海豚的尸体在水中浮上浮下
一只受伤的海豚宝宝
奋力跳过岩石和围网
想冲出死亡陷阱
但
水面上留下串串血色涟漪后
它惊恐的眼睛
和挂在脸上的泪流
一起
慢慢地沉没……

1938 年，纳粹德国驻南京大使馆
在发给德国外交部的电报中
这样写道——
“犯罪的不是这个日本人，或者那个日本人，
而是整个日本皇军，
它是一部正在开动的野兽机器……”

雨打风吹去的
是历史文献中血腥的味道

有些伤害
刻骨铭心　难以平复
否定南京大屠杀
就是对南京的第二次屠杀

在那场距今并不太遥远的人类浩劫中
侵略者用他们带血的屠刀
见证者用他们手中的笔或是摄影机
劫后余生的幸存者
用他们身体上的有形的或是无形的伤痕
共同告诉后人
曾经发生在这个城市的
真实事情
看到这些画面
寒冬渗透进骨髓
华灯璀璨的窗外
有血色的雾气　飘然而下
触到额前　刺痛双颊
时间被裹挟
血脉在偾张
心被一寸一寸
灼伤
愤怒的呐喊
清晰炸响

1937 发生在南京的大屠杀
成为人类历史上永恒的烙印

今天
日本军国主义的复苏
令世人警惕
遍地狼烟
让我们警醒
倒春寒的凛冽和大小野兽的猖狂
时时告诫我们
和平不是一厢情愿
和平更不是马放南山、催眠刀枪、永别武器
能战方能止战
胜战才能言和
洗雪近代以来的耻辱
守住生机盎然的江山
实现伟大复兴的梦想
唯有建设强大的国家
唯有踔厉奋发热血担当的
你　我　他

历史的侧影

——两个战车兵

恕我孤陋寡闻
如果不是沉入历史的纸堆
我断不知道
1937 年 12 月
面对装备精良的侵华日军
国民党军队
居然还有一支
全副武装的机械化部队
——陆军装甲兵团
在 12 月 4 日从南京撤往湖南后
留下了战车营第 3 连
拥有 17 辆德国“克芬柏”式
五吨重并列双机枪新战车
堪称当时中国最豪华的作战连
参加南京保卫战

12 月 4 日晚
战车营第 3 连 5 辆坦克进攻淳化一带日军
后数日配合几个部队作战

这些先进的战车
就像一匹匹潜行的猎豹
用勇气和子弹的狂飙
撕碎了邪恶者的灵魂
让日寇劫掠的欲望
在激荡的尘烟中坠落
枯草丛间
暗下了赤白的太阳旗

南京方山
又一场激战打响
3 辆战车不幸被日寇击中
遗留在战场
其中一辆战车上
幸存两名士兵
他们觉得
下车逃命是耻辱
“决心与战车共存亡，
埋伏在战车内，
相机打击敌人。”
（比你那些丢盔卸甲、抛弃部属、
兀自逃命的长官们，
有胆色、血性。）

隐藏到下午 4 时
一大队日军步兵来到
两人计议这是狙击敌人的最好机会

“他妈的，老子一个换你几十个！”

于是

抗日战场上罕见的

以优势火力打击日寇的战例

就此出现

他俩轻轻地将机关枪

从战车转塔前后两端伸出

面对毫无防备的敌军

突然发起袭击

呼啸的弹雨

连同他们突突奔涌的热血

在日军队伍中

溅起一朵朵

血色的樱花

只瞬间

几十个日寇滚滚倒地

其余日兵立刻散开

前仆后继向战车攻击

然而

仅有步兵武器的敌人

无法击毁坚固的战车

一直战斗到黄昏后

遭受重创的日军仍毫无办法

是夜

两人商定

放弃战车乘夜撤退

遭敌机枪、迫击炮袭击

一人不幸牺牲
另一人成功逃出
后牺牲于昆仑关战役

一辆战车的埋伏狙击
两个士兵的顽强作战
是南京保卫战的一个小插曲
却让侵华日军遭受沉重打击
以致在“皇风万里”册子里
叙述南京战役“经验教训”时
专门写下浓重一笔

这两位没有留下姓名的中国士兵
这两位抗击日寇先后牺牲的中国士兵
是当年南京悲怆的旋律中
高亢的音符

图书在版编目（CIP）数据

铁证 / 周云峰著. -- 南京 : 南京出版社, 2023.12
ISBN 978-7-5533-4448-5

Ⅰ. ①铁… Ⅱ. ①周… Ⅲ. ①诗集 - 中国 - 当代
Ⅳ. ①I227

中国国家版本馆CIP数据核字（2023）第224054号

书　　名　铁证
作　　者　周云峰
出版发行　南京出版传媒集团
南 京 出 版 社

社址：南京市太平门街53号　　邮编：210016
网址：http://www.njcbs.cn　　电子信箱：njcbs1988@163.com
联系电话：025-83283893、83283864（营销）　025-83112257（编务）

出 版 人　项晓宁
出 品 人　卢海鸣
责任编辑　聂　焘
装帧设计　王　俊
责任印制　杨福彬

排　　版　南京新华丰制版有限公司
印　　刷　南京新世纪联盟印务有限公司
开　　本　787 毫米 × 1092 毫米　1/16
印　　张　11.75
字　　数　148千
版　　次　2023年12月第 1 版
印　　次　2023年12月第 1 次印刷
书　　号　ISBN 978-7-5533-4448-5
定　　价　58.00 元

用微信或京东APP扫码购书

用淘宝APP扫码购书